LABYRINTHE DES SENTIMENTS

À Naples, Gharib fait la connaissance de deux jeunes filles, Sakina et Wahida. L'une d'elles l'attendrit par son désarroi, ses espoirs : Wahida, belle, impudique, pleine de vie. Elle est marocaine comme lui, flouée par les hommes, abandonnée à son sort dans cette ville inconnue où elle se prostitue pour la mafia albanaise. Gharib veut la sauver de leurs griffes, il lui parle de littérature, l'entraîne à travers la ville, lui récite des poèmes, admire sa beauté, la respecte, la désire et ne cède jamais. Il veut que Wahida, pour qui l'amour n'est qu'un échange charnel tarifé, réapprenne le sentiment pur, par des mots et des regards. Mais elle ne comprend pas pourquoi il la repousse, qu'il puisse l'aimer sans la toucher.

C'est que Gharib a besoin d'imaginer Wahida, de la rêver, de la faire exister à travers le prisme d'un amour défunt. Il est hanté par le souvenir d'une passion de jeunesse foudroyante pour Gazelle, rencontrée à Naples autrefois, et dont il ne s'est jamais remis...

Ce roman raconte le combat d'un homme avec lui-même, contre son désir. C'est un roman de l'abîme, du fond de l'âme, du déchirement amoureux, où la femme aimée devient insaisissable. Tahar Ben Jelloun dépeint ici la passion avortée comme la métaphore de la difficulté d'aimer, de lier les mots et le corps.

Écrivain marocain de langue française, Tahar Ben Jelloun est né en 1944. Il a publié de nombreux romans, recueils de poèmes, essais. Il a obtenu le prix Goncourt en 1987 pour La Nuit sacrée.

Tahar Ben Jelloun

LABYRINTHE DES SENTIMENTS

ROMAN

Éditions Stock

TEXTE INTÉGRAL

ISBN 2-02-040746-9
(ISBN 2-234-05181-0, 1re publication)

www.seuil.com

À Naples, les traces de l'histoire m'ont révélé ces relations essentielles qui se forgent entre les hommes et les mythes, entre la vie et les représentations de la vie... et de la mort. De 1988 à 1995 j'ai collé là-bas plusieurs centaines de dessins. Ils interrogeaient les mythologies grecque, romaine, chrétienne, les rites que secrète cette cité coincée entre le Vésuve et les terres en ébullition de la Solfatare. Hantant ainsi nuit et jour le labyrinthe des rues napolitaines, j'ai couvert mes carnets de notes et de croquis. Certains sont reproduits ici pour accompagner l'histoire de Gharib et Wahida.

Ernest Pignon-Ernest

À la mémoire de René Baudoin

Je ne connais pas bien les nuits de Naples. Je les devine. Je sais que le sommeil est lent et les rêves féconds, je sais la peau des choses qui s'absentent pour faire de Naples un souvenir obstiné, une image à l'ombre de la vie insolente, donner un goût amer dans la bouche aux dents noircies par le tabac, dents cassées, dents pourries, une image de rouille et d'éclat, lumière de néon et éclaircies du ciel. Naples, entrailles de l'Italie, ventre inaccoutumé du monde, hisse lentement ses ruelles vers le ciel en passant par les faubourgs du songe.

Une ville, c'est une multitude de visages, de corps et de souvenirs. Souvent, la mémoire des pierres trahit le temps et livre des messages inquiets aux passants qui ne savent quoi en faire. La moitié de Naples est bâtie sur du vide. Le *tufo*, pierre volcanique très ancienne, devient fragile quand il est mis à nu, à l'air. Avec cette roche malléable venant des laves du Vésuve, on a construit des maisons et des châteaux, des murs pour cacher la noblesse et exhiber la misère des lieux capables de servir de décor à des histoires d'amour, de sang et de mystère.

Cette histoire n'a pas lieu dans les bas-fonds, ni dans les entrailles de cette ville mangeuse de cœurs solitaires, mais à la surface des choses et des pierres. Elle passe d'un visage à l'autre et laisse un vieux poète à sa nostalgie et à ses mots.

1

J'avais acquis, avec le temps, quelques manies, des habitudes de célibataire. Je pensais que les souvenirs restaient intacts, passant ainsi de l'ennui à l'extase, de l'illusion à l'amertume. Vieillir, c'est construire une maison de plus en plus grande avec des réminiscences, des reliques, des éclats de lumière, des ombres épaisses, des pierres lourdes. J'habitais une maison aux fenêtres fermées, condamnées, parce qu'elles donnaient sur un terrain vague devenu décharge publique et qu'il n'y avait plus d'éboueurs dans la ville. Cette maison me ressemblait. Ridée mais digne. C'était mon refuge, mon petit cimetière secret, mon jardin privé. Dans mon esprit Gazelle dormait là, même si la mer n'avait jamais rendu son corps. J'avais décidé qu'elle reposerait dans la chambre bleue, où j'aimais écrire, où il m'arrivait de m'endormir, un stylo à la main. Je ne peux pas dire que ma vie s'était arrêtée avec le drame de Ravello. Je pensais souvent à Gazelle, je l'embellissais, je faisais d'elle une princesse de l'amour fou, un poème triste et émouvant. Je la gardais comme un objet précieux et inaccessible. Elle m'accompagnait partout, même quand je vivais d'autres histoires, quand je rencontrais d'autres visages, d'autres corps. Comme on dit, le premier amour est toujours le dernier... En fait je le recherchais dans les yeux d'autres femmes. J'étais habité et parfois fatigué. Je m'ennuyais d'elle. Ma mémoire était lasse, elle ne me supportait plus, me jouait des tours, suscitait des confusions. Elle m'incitait à me séparer de ce corps fantôme, à m'éloigner de cette saison d'amour brutalement interrompue. Je ne voulais pas oublier. Au contraire, je maintenais vivants ces derniers moments d'un bonheur inouï. Il m'arrivait de douter de leur existence. Peut-être n'étais-je qu'un vieux poète croyant avoir accueilli dans sa vie un amour immortel.

Elle s'appelait Ghizlane. J'avais décidé qu'elle serait Gazelle. Elle avait les yeux gris, la peau mate, une chevelure bouclée et de petits pieds. Elle aimait la poésie et écrivait des textes naïfs et parfois émouvants de maladresse. Elle était venue me les montrer. C'est ainsi que nous nous

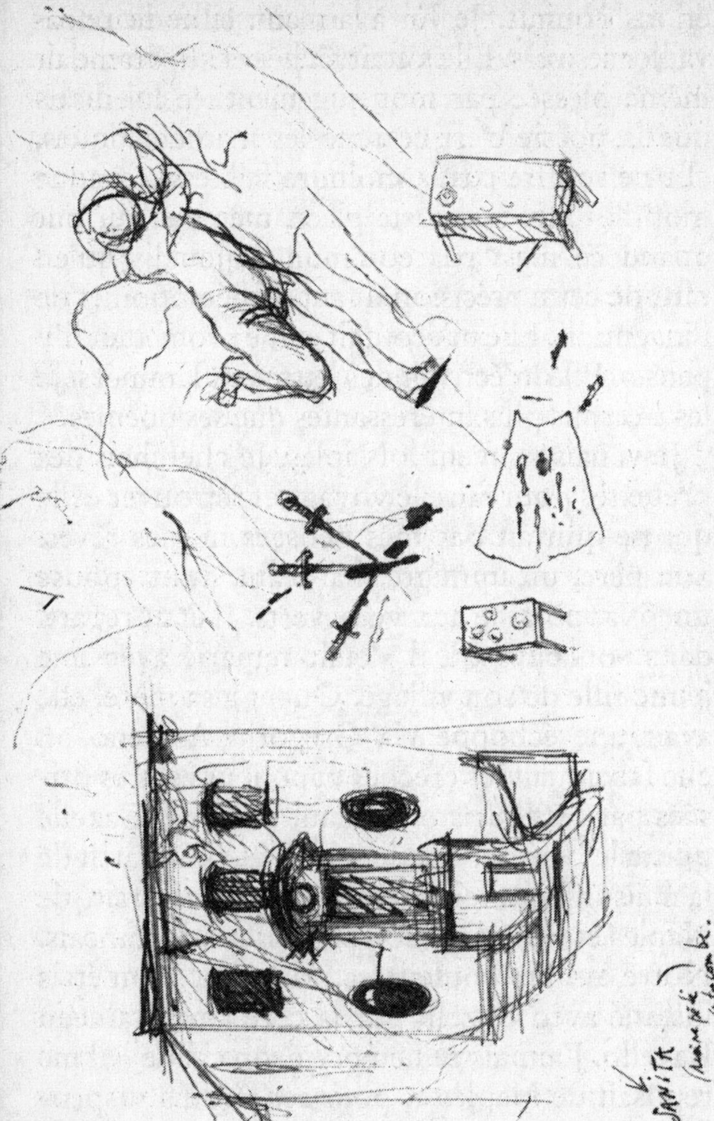
SANITA

étions connus. Je lui avais conseillé de retravailler ses vers. Elle s'était fâchée et se prétendait même blessée par mon jugement. Je lui disais que la poésie c'est comme les mathématiques, elle ne souffre pas la moindre faiblesse, chaque mot doit être à sa juste place, même et surtout quand ce n'est pas commun. J'ajoutais qu'en plus de cette précision il faut de l'émotion et de l'invention. Elle m'écoutait et me promettait d'y penser. Elle m'écrivait des lettres enflammées. Je les trouvais plus intéressantes que ses poèmes.

Je venais souvent à Naples. Je cherchais des prétextes pour faire le voyage et retrouver celle qui ne quittait pas mes pensées ni mes rêves. Son père, un immigré marocain, avait épousé une Napolitaine aux yeux verts. Il était reparti dans son pays où il s'était remarié avec une jeune fille de son village. Quant à sa mère, elle avait une échoppe via Gregorio Armeno où elle fabriquait les crèches napolitaines, très prisées par les touristes. Enfant précoce, Gazelle quitta le lycée à l'âge de seize ans, puis partit de la maison pour faire des études à l'université de Naples et vivre avec son professeur de français. Notre amour bouleversa tout cela. Je m'étais installé avec Gazelle sur la côte amalfitaine, à Ravello. J'aimais ce lieu pour son calme – il me reposait de Naples –, pour ses jardins suspendus, ses petites maisons blanches et ses chapelles dont l'architecture garde quelques traces arabes. Nous vivions d'amour, de quelques traductions et de poésie.

Avec le temps, ma mémoire s'était appauvrie. Il lui arrivait de s'évanouir. Elle me lâchait, se séparait de moi, m'abandonnait puis revenait comme si de rien n'était. Alors je voyageais, me nourrissant de ce qui se présentait. Mes poèmes s'en ressentaient. Il me fallait de nouvelles émotions, fortes, belles, stimulantes. Seule Naples était susceptible de m'en donner.

J'entretenais avec Naples un amour ambigu, j'y retournais par habitude, une habitude que j'avais instaurée dans ma vie pour exorciser les démons de l'histoire tragique vécue à Ravello le 24 avril 1967. J'en profitais pour revoir certains de mes amis, faire des conférences ou réciter de la poésie. Cette fois-ci, j'étais venu pour lire un long poème écrit juste après la guerre du Golfe, ainsi que des poèmes sur les femmes de Naples. L'épisode de Ravello était toujours présent, un souvenir plus ou moins pâle. Le souvenir d'une douleur est aussi une douleur. Trente ans avaient passé et j'étais le même homme, fidèle aux nombreux mystères de Naples, disponible pour la perte, toujours prêt à m'embarquer dans des histoires aussi compliquées que celle-ci.

dur, ses petites maisons blanches et ses chapelles dont la [illegible] garde quelques traces arabes. Nous y venions d'ailleurs, de quelques [illegible] et de [illegible].

Avec le temps, ma mémoire s'était appauvrie [illegible]. Elle me [illegible] de [illegible], m'abandonnait [illegible] comme [illegible] [illegible] au [illegible]. Mes [illegible] [illegible] tions, [illegible], [illegible] [illegible] Naples [illegible].

Contrairement avec Naples [illegible] [illegible] [illegible], une [illegible] que j'avais [illegible] dans [illegible] les [illegible] de l'[illegible] que [illegible] la [illegible] [illegible] de [illegible] [illegible] au [illegible] de la [illegible] [illegible] pour [illegible] [illegible] après la [illegible] de [illegible] [illegible] les [illegible] de Naples [illegible] [illegible] d'une [illegible] [illegible] d'[illegible] l'[illegible] [illegible] dans le même [illegible] [illegible] au [illegible] de [illegible] [illegible] [illegible] pour [illegible] [illegible] [illegible] des [illegible] [illegible] [illegible].

2

Elle était arrivée avec plus d'une heure de retard, élégante et lunaire. Ses yeux cherchaient ailleurs, comme si elle avait rendez-vous avec d'autres personnes. Laziz, notre ami commun, un antiquaire spécialisé dans l'Art déco, ne dit rien. Il la regarda avec l'air d'un père qui se retient de gronder sa fille. Elle s'installa à côté de lui et fit signe à une jeune femme qui l'accompagnait de se mettre en face d'elle. Elle se présenta en me serrant la main, une main grande et fine.

– Je m'appelle Wahida et mon amie Sakina, et vous ?

– Je m'appelle Gharib, oui, comme l'adjectif du mot « ghorba », l'exil et la solitude réunis dans un même mot, mais moi je ne suis ni exilé ni seul. Je m'appelle Gharib comme vous

Wahida, qui veut dire « seule et unique » à la fois.

– Étrange, seul, exilé… Avez-vous choisi ce nom nostalgique parce que vous vivez à Naples ?

– Je ne vis pas à Naples, je vis ailleurs, mais pour moi Naples est plus qu'une ville, c'est un refuge, un lieu dont j'ai besoin pour vivre, pour me perdre. J'y viens depuis très longtemps. C'est presque un pèlerinage, ou un rite si vous préférez, bien ancré dans ma vie. Quant à mon nom, je l'ai changé après l'indépendance du Maroc. Avant je m'appelais Mohamed, ainsi que la moitié des Marocains. Mohamed Tanjaoui. Je l'ai changé en Gharib Jaoui. Le nom importe peu, l'essentiel, c'est de vivre pleinement, sans se retourner pour regarder défiler les fantômes. Mais qui en est capable ?

– Vous parlez comme un vieux !

– Non, rectifia Laziz, comme un livre.

– Alors, disons comme un vieux livre.

– Gharib est écrivain. Il a écrit *L'Homme qui pleure*, l'histoire d'un vieux séducteur qui pleure chaque fois qu'une femme ne tombe pas dans ses bras.

– Il va pleurer ce soir ! dit-elle en esquissant un sourire.

– Mais il ne s'agit pas de lui, dit Laziz. Un

écrivain invente. Je ne crois pas que mon ami soit du genre à pleurer parce qu'une femme n'a pas succombé à son charme.

Elle se détourna de moi, fouilla dans son sac imitation Cartier, en sortit une cigarette et un briquet en or qu'elle tendit à l'antiquaire, qui devait avoir l'habitude d'allumer ses cigarettes. Ce geste signifiait quelque chose, une sorte de complicité, un code entre eux. À plusieurs reprises au cours de la soirée, elle lui tendra son briquet et Laziz allumera ses cigarettes sans broncher.

Nous étions à Posillipo, face à la baie de Naples. Elle mangea peu mais but beaucoup. Plus elle buvait, du vin rosé, plus elle se détendait et même changeait de visage. Ses yeux devinrent plus grands, plus lumineux, ses lèvres plus tendres. Elle n'était plus crispée comme à son arrivée. Lorsqu'elle parlait, ses mains faisaient des gestes gracieux. Elles me frôlaient comme pour me rassurer. Un moment, sa main droite toucha ma main gauche. Elle la serra sans me regarder.

Nous étions quatre Marocains à Naples, parlant un peu en français, un peu en italien quand il s'agissait de vin, et en arabe pour tout le reste.

Sakina sortit de son silence et dit, après avoir

poussé un soupir : « *El houbb sattâr al-'youb* » (l'amour voile les défauts de celui qu'on aime). Elle ne connaît que l'arabe et se moque de ne pas parler d'autres langues. Elle dit : « *Ana arabia, ouhibbou; ouhibbou al-houbba* » (je suis Arabe, j'aime; j'aime l'amour). Elle le dit en chantant doucement.

Wahida rit, but et tendit le briquet à Laziz qui s'empressa d'allumer sa cigarette. Sakina dit qu'elle avait chaud, enleva son pull, laissant deviner une superbe poitrine. Elle me regarda et sourit. Il lui manquait une dent. Voilà pourquoi elle mettait la main sur la bouche quand elle riait.

Elle me dit : « *N'houdi habitihoum ?* » (tu aimes – ou tu veux – mes seins ?). Je fis oui de la tête, elle se pencha sur moi et me dit à l'oreille : « Au nom d'Allah, tu ne les auras jamais ! » Laziz l'appela « *el houbb al-beldi* » (l'amour de chez nous, par opposition à ce qui vient de l'étranger, l'amour roumi). Wahida dit alors : « Et moi je suis l'amour roumi ! T'as vu, on me prend souvent pour une Italienne, j'ai les cheveux châtains et les yeux presque verts, je suis sûre que ma mère, qui est brune, a fauté avec un bel Italien aux yeux clairs. »

Wahida avait une étrange lumière dans les yeux, quelque chose entre l'effet de la boisson et la détresse, un regard souvent mouillé, voilé par un drame caché ou un chagrin à peine dissimulé. Au fait, que faisaient ces deux belles filles en Italie ? Étaient-elles de passage, en vacances, ou étaient-elles installées à Naples en attendant des jours meilleurs ?

Je n'osais pas le leur demander. En revanche, Wahida ne se gêna pas pour me poser une série de questions.

– Que fais-tu ici ?

– Comme toi, je suis de passage.

– Qui te dit que je suis de passage ?

– Ton allure, tes yeux, ta façon de boire et de fumer.

– Et que fais-tu alors ?

– J'ai écrit des poèmes sur les femmes de Naples et je dois faire une lecture de ces textes au Centre culturel français, le Grenoble.

– C'est vrai, tu es écrivain ? Excuse-moi, mais moi, la lecture, ce n'est pas ce que je préfère.

– Qu'est-ce que tu aimes ?

– Oh, quelle question ! J'aime l'amour, comme Sakina, sauf que moi j'aime le grand, le très grand amour, celui qui m'emmènera en haut de la montagne et ensuite dans le puits le plus profond de la terre, quelque chose comme la mort…

– Tu parles comme un livre…

– Dis-moi, est-ce que tu écris des histoires d'amour ?

– Oui, je n'écris que ça.

– Alors, voudras-tu écrire mon histoire ? Celle que je ne raconte à personne parce qu'elle est incroyable. D'ailleurs, si je suis à Naples c'est en partie à cause de cette histoire.

– Tu me la raconteras ?

– Je ne sais pas. Chaque fois que je la raconte, je pleure. Tu écriras « La Femme qui pleure ». C'est banal. Non, j'aimerais bien que tu l'appelles « Une Marocaine perdue ».

Elle me tendit son briquet et attendit, une cigarette entre les doigts. J'hésitai puis je compris que, par ce geste, elle désirait se rapprocher de moi. Nous étions assis sur la même banquette. Nos corps ne se touchaient pas, mais je sentais une chaleur se dégager de son côté. Elle retira son gilet et je vis qu'elle avait de petits seins bien fermes. J'ai du mal à être discret. Quand je regarde une femme, je la déshabille. C'est plus fort que moi. Le pire est que cela se remarque. Elle me regarda comme l'avait fait Sakina, se pencha sur moi et me dit à l'oreille : « Ils sont plus petits que ceux de Sakina, mais ils sont bons. » Elle me dit ensuite : « Donne voir ta main », elle l'examina puis dit : « C'est bon, c'est la taille qu'il leur faut, ni trop grande ni trop petite, je déteste les petites mains, c'est horrible car ça trahit l'étroitesse de l'âme et la sécheresse du cœur. »

Pendant ce temps-là Laziz parlait avec Sakina, qui étouffait ses rires, la main sur la bouche. Le dîner était terminé. Il fallait partir. Laziz régla la note, héla un taxi et nous laissa tous les trois sur le trottoir. D'après Sakina, il devait rentrer parce que son ancienne amie, une Marocaine belle et folle, lui aurait jeté un sort et qu'il vivait dans la peur de mourir fou ou empoisonné. Quelqu'un lui aurait dit que la mort viendrait le prendre à minuit. Il se barricadait toutes les nuits chez lui et attendait minuit avec angoisse. Tout cela parce qu'il aurait refusé de l'épouser.

Installé depuis une dizaine d'années à Naples, Laziz avait rompu avec le Maroc et n'arrivait pas à se débarrasser de sa nostalgie. Dès qu'il apprenait que des Marocains étaient à Naples, il les approchait, les invitait et posait des questions sur le pays, le prix des tomates, le prix du sucre et la situation des marabouts. C'est ainsi que je le connus. Il était venu assister à une présentation d'un recueil de poésies dans un café situé à la sortie de la galerie Umberto I. Il me dit : « Tu vois cette galerie

attitudes portes
intérieur/extérieur
vie / mort

construite en 1887 par Emanuele Rocco, c'est une imitation de la galerie de Milan. D'un côté tu as la rue Toledo, noire de suie et de monde, de l'autre tu as une vue sur le port. J'aime ce côté-ci plutôt que l'autre qui t'introduit tout de suite dans la vieille ville comme si tu étais dans la médina de Casablanca. Aujourd'hui, ce passage est devenu le lieu de palabres des immigrés du Sahel, de Djibouti et d'autres pays d'Afrique. Quant à nous, nous jetons nos enfants au croisement des avenues pour laver les parebrises des voitures. Voilà, notre misère est si grande que nous l'exportons ! »

Laziz était plein d'amertume. Un homme blessé, un homme cassé. Par qui, par quoi ? On devinait que derrière cet air contrarié un malheur se profilait, quelque chose de difficile à dire ou à imaginer. Mais on sentait que s'il avait choisi Naples, c'était probablement pour retrouver un peu de sa terre, une petite parcelle de ce cœur laissé derrière lui, un bout de terre qui habitait son âme et rendait son regard triste. Il aimait dire que « Naples est la plus grande ville du tiers-monde, la plus attachante aussi, c'est le tiers-monde mais avec tellement de richesses et de fantaisie ! Naples, pour moi, est une mère abusive, une mère juive, elle m'oppresse avec délice, elle me console quand j'ai un peu de déprime, elle me donne à manger et à boire, je bois pas mal et ensuite je regrette parce que le vin tantôt me monte à la tête et me donne des migraines, tantôt descend dans les reins et me provoque des coliques néphrétiques, en même temps il me fait du bien. Telle est la ville : mère, maîtresse, amante, elle me fascine, m'inquiète, me roule dans la farine et puis elle me prend dans ses bras et m'apaise. Il faut te dire que je suis un homme angoissé. Cela vient de loin. Dans mon esprit, il n'y avait que Naples pour accepter et soigner mes angoisses, mes humeurs. J'aurais dû naître ici. Mais c'est mieux ainsi, nous autres Marocains, nous apprécions bien les étrangers, et surtout les étrangères. J'ai aussi besoin des miens, c'est une question d'odeur, de parfum, d'habitude. C'est la distance idéale entre le pays natal et la patrie rêvée, celle de l'illusion du sommeil bourré de jolis rêves. »

Le lendemain, j'étais revenu pour visiter la galerie. J'entendais la voix de Laziz et je voyais ces personnages en robe de toutes les couleurs, des hommes de grande taille en boubou, et des femmes d'une somptueuse élégance marchant dans cette galerie comme s'ils étaient sur une scène de théâtre.

3

Pourquoi a-t-on appelé le cœur de la ville Spaccanapoli ? Nous marchions tous les trois autour du Duomo, quand j'eus l'idée de changer ce nom et de le remplacer par « Sporcanapoli » car Naples, en tout cas ce vieux Naples, était sale. *Spaccare* veut dire briser, casser. *Sporca*, sale. Les Napolitains s'en défendent. Ils disent : « Si nos murs sont noirs, c'est à cause des vieilles voitures. » Sakina me dit avec son air innocent : « C'est bizarre, je me sens chez moi, on dirait que les Italiens sont des Marocains qui parlent espagnol ! »

Elles habitaient dans un petit hôtel via San Gregorio Armeno. Depuis le tremblement de terre de 1980, des échafaudages maintiennent certaines façades. Rien n'a été reconstruit. Les gens continuent de vivre dans ces maisons basses aux murs fissurés. Wahida ne voulait pas que je les accompagne pour que j'ignore où elles logeaient. Une question d'apparence à préserver, la honte d'être pauvre, de ne pas appartenir au monde des paillettes, du brillant et de l'argent facile, la honte d'avoir échoué dans ce trou noir. Justement, l'argent n'était pas facile à gagner pour ces deux Marocaines, jeunes et assez belles. Sakina prétendit être venue travailler comme jeune fille au pair dans une famille de diplomates koweïtiens. Elle prendrait son travail dès le retour de l'ambassadeur, lui aurait-on dit au téléphone. Quant à Wahida, elle attendait le retour de son fiancé, un homme d'affaires du Proche-Orient parti régler un contentieux avec des gens du Golfe.

Quand des Marocaines mentent, elles sourient. Sakina et Wahida souriaient en me disant ce qu'elles étaient venues faire en Italie. C'était une forme de délicatesse de ne pas insister sur cette question, et surtout de ne pas faire remarquer qu'il n'y a pas d'ambassade à Naples. Je n'insistai pas. Après tout, elles pouvaient tout simplement être en vacances et manquer d'argent. Elles partirent au fond de la via San Gregorio Armeno et je pris un taxi pour Capodimonte, où se trouvait mon hôtel.

La nuit, la via Toledo ressemble à un tunnel abandonné. Les voitures la traversent à grande vitesse, brûlant les feux rouges et klaxonnant sans raison. La via San Teresa degli Scalzi ainsi que le corso Amedeo di Savoia donnent l'impression que la ville se repose quelques heures et se laisse aller comme une vieille femme qui se moque du rimmel coulant sur ses joues.

Mais où est passée la mer ? me disais-je au fond de ce taxi conduit par un Sicilien qui n'avait pas l'air d'être heureux de faire ce travail. La mer. C'est vrai que Naples est un port, un grand port qui remonte à l'époque gréco-romaine, en tout cas d'après un guide touristique. On ne sent pas la mer, ni sa présence ni ses parfums. Mais la mer vient à Naples comme une évidence, sans faire d'efforts. Elle s'insinue dans sa baie, au quai de Beverello d'où partent les bateaux de toutes sortes pour les îles. Ah, Naples n'est rien sans ses îles : Capri, évidemment, Ischia, Ponza et aussi Procida. Mais Procida est une île en dépôt de bilan. Ses murs sont fatigués. Personne ne les a repeints depuis la dernière guerre. Procida est un havre de quiétude et de silence désuet. On s'y perd et l'on se croit revenu dans une autre époque, les années cinquante. La mode est passée. Procida s'en moque. Des tricycles vous emmènent à l'intérieur, là où des orangers lâchent des parfums différents selon les saisons et surtout après les pluies, car il pleut souvent sur cette île, plus souvent qu'à Naples ou à Capri. Allez savoir pourquoi. On dit que les pêcheurs sont heureux de ne pas être envahis par les touristes. Ils aiment que Procida soit malcommode pour les visiteurs pressés.

J'avais visité Procida un hiver. J'étais allé à la recherche d'une femme, une rebelle qui s'appelait Isabel, un prénom espagnol, mais elle était kabyle. Une femme d'une beauté lumineuse, inquiétante, une beauté qui fait mal et engendre de la violence. Un ami brésilien, fou d'amour pour elle, m'avait demandé d'aller la chercher pour la convaincre de revenir à la maison. Je l'avais trouvée, assise sur un rocher face à la mer. Il ne faisait pas beau. Tout était mélancolique. Dès que je la vis, je compris qu'il fallait m'en éloigner. Elle inspirait la passion. Elle avait une grande douceur dans les gestes et la voix, mais ses yeux étaient graves. J'avais parlé avec elle, pas de mon ami, mais de l'île et de sa tristesse. Elle me dit qu'elle était là à cause de cette tristesse collée aux pierres et sur les visages. Je partis en courant, pressentant que si je restais je tomberais amoureux et serais perdu comme l'ami brésilien. Je ne pouvais me payer ce luxe, je sortais à peine d'une histoire d'amour douloureuse. L'amour à Procida sentait la maladie et même la mort. La beauté de cette femme était sa grace et son malheur, sa difficulté d'être, car elle était d'une telle exigence qu'aucun homme ne pouvait ni lui résister ni l'accueillir avec sérénité.

J'ai pensé à cette femme quand je vis Wahida pour la première fois. Elles avaient en commun la beauté et la gravité, la folie et l'angoisse. Mais Wahida devait être moins forte qu'Isabel, moins exigeante, moins rebelle.

Ma nuit fut agitée. J'avais du mal à trouver le sommeil. L'image d'Isabel enlevant lentement sa robe se superposait à celle de Wahida se débarrassant de son gilet, puis à celle de Gazelle baissant la tête pour ne pas répondre à mes questions. L'insomnie trafique les images, les agrandit, les déforme puis les confond les unes avec les autres. C'est comme la mémoire qui embellit trop l'enfance, fait de nos maisons natales des palais, de nos labyrinthes des jardins en terrasses. L'insomnie, c'est la mémoire moins les souvenirs.

Pourquoi le visage de Wahida m'obsédait-il ?

Sa voix aussi était enfouie en moi et parlait avec mes propres mots. C'était curieux de vivre cette confusion et de croire que c'était un rêve. En fait, son personnage m'intriguait. Je voulais la voir seule, sans Sakina ni Laziz. Mais il fallait passer par Laziz. Il me dit :

– Emmène-la au musée.

– Pourquoi au musée ?

– Parce qu'elle n'y a jamais mis les pieds.

– Mais ça ne te dérange pas que je m'intéresse à elle ?

– Tu sais, moi, j'aime admirer la beauté des femmes, je n'aime pas qu'elles s'attardent dans ma vie. Rassure-toi, je ne suis pas devenu homosexuel ou impuissant, je suis tout simplement entré dans la mystique, oui, la mystique, le soufisme et la contemplation. Et puis, que dirait ma mère, tu sais, elle voudrait tant que je me marie. À cinquante ans, me marier ! Je vis une partie de l'année avec ma mère. Elle me protège, me donne sa bénédiction et je m'occupe de sa peinture. C'est une grande artiste. Jamais été à l'école. Pas besoin d'aller à l'école pour être en colère et peindre cette colère. C'est une femme du peuple. Elle n'exprime que ce qu'elle connaît bien.

Mamma Laziza peint des choses étranges, des corps tordus, des visages démesurés, des objets méconnaissables et n'a aucune théorie sur l'art. Elle n'aime pas qu'on dise qu'elle fait de la peinture naïve. On raconte qu'un critique français est venu la voir dans son atelier, à Casablanca. Impressionné par l'originalité et la qualité de son travail, il lui dit : « C'est de l'art brut, c'est de l'art naïf. » Elle rétorqua immédiatement : « Naïf toi-même, naïf ton père et naïve toute ta famille ! » Un autre eut l'outrecuidance de lui demander son âge : « T'es venu me demander en mariage ou voir mon travail ? » lui dit-elle.

Petite, obèse, le visage plein, le front et le menton tatoués, des yeux très noirs et vifs, elle couve son fils, et, lui, il consacre tout son temps à la protéger et à la célébrer. Ils forment un drôle de couple, se disputent gentiment, s'enlacent, s'embrassent et rient aux éclats. Mais Mamma Laziza n'aime pas, même pour quelques jours, s'absenter de sa maison, laisser ses chats et ses oiseaux. Son fils a besoin de la voir très souvent. Il se partage entre Naples et Casablanca. Chaque fois, elle commence par lui demander : « Alors, tu as trouvé une femme ? Si tu me laisses m'en charger, ce sera fait dans la minute, les femmes sont des créatures subtiles et compliquées, je les connais, je t'en trouverai une qui te fera des enfants et ne

posera pas de questions, les femmes ont besoin d'attention, de tendresse et de confiance. Je sais, toutes tes expériences ont été des désastres. Mais c'est parce que tu ne m'a pas écoutée. Aller séduire la fille du gouverneur, lequel est lié par un vague cousinage avec le palais, c'est de la folie, ces gens ne se mélangent pas avec nous, et nous non plus d'ailleurs nous n'avons pas envie de nous lier à eux; c'est un monde à part, avec ses lois non écrites, ses coutumes, ses secrets. Tu as failli perdre ton âme, heureusement qu'elle t'a trompé, sinon, tu serais toujours à ses pieds. Enfin, dis-moi, tu dors seul ? Il n'y a personne pour me donner un petit-fils ? Quelle misère… »

C'est Laziz qui m'envoya Wahida un matin. Elle arriva, légèrement vêtue, décidée à visiter avec moi tous les musées de Naples. Laziz sut lui parler et la convaincre. Elle me dit :

– Tu m'emmènes voir de la peinture ?

– Avec joie. Tu sais, au Maroc on a négligé l'éducation artistique des enfants. Normal, nous n'avons pas un seul grand musée, je veux dire un musée digne de ce nom. Les ministres de la Culture passent et rien ne change. Aucun n'a été capable de créer un grand centre culturel dans une ville comme Casablanca. Les jeunes ont soif de culture. Ils ne demandent pas mieux que de se cultiver, mais on les laisse traîner dans les rues. Je vais te raconter une histoire...

– D'amour...

– Non, mieux que ça. J'avais un ami, un grand écrivain français. Il s'appelle Jean Genet. Je l'ai connu en 1974, tu n'étais pas née, toi, enfin, passons.

– Si, j'avais un an...

– C'était un homme exceptionnel. Tout le temps en colère, tout le temps révolté. Il détestait tous les régimes politiques. Il aimait beaucoup le Maroc et connaissait bien son histoire. Nous avions de longues discussions sur le pays, sur son développement, sur son avenir. Il y avait à ce moment-là une grande exposition de Van Gogh au Grand Palais, à Paris. Il fallait faire la queue durant trois à quatre heures pour acheter son billet. Cela m'a étonné et je lui en ai parlé. Il m'a répondu ceci : « Normal, Van Gogh est un génie, ce qu'il a peint est extraordinaire, c'est unique, c'est tragique. Tu vois, si ton gouvernement voulait le bien de sa jeunesse, s'il voulait lui donner une éducation artistique, il organiserait des charters pour emmener des jeunes Marocains des villes et des campagnes voir la peinture de Van Gogh. Mais ton gouvernement, comme bien d'autres, ne fera jamais cette folie, parce qu'il n'aime pas l'intelligence, ni l'art, il ne sait pas ce que c'est et puis, comme tous les pseudo-cultivés, il doit avoir peur de la lumière qui naît d'une telle rencontre ! » Depuis, je regarde autrement la peinture et les musées. Je n'aime pas trop l'atmosphère des musées, mais il m'arrive de me mettre face à une toile et de rester de longs moments à la contempler. Je voyage à travers ce qu'elle suggère. Bon, ce matin, on ne va pas voyager beaucoup, on va juste visiter le musée le plus proche de mon hôtel, le musée de Capodimonte. Avant, c'était un palais royal, le dernier des palais royaux de Naples. Tout en visitant les appartements qui nous disent ce que fut la cour de Naples au dix-huitième siècle, nous allons admirer des œuvres magnifiques. Ce que je te propose, c'est de nous arrêter sur un peintre ou deux. Le reste du musée, nous le verrons plus tard.

– Mais je ne connais rien en peinture. Tu devras tout m'expliquer.

– Je ne suis pas très cultivé, mais je fais confiance à mes émotions.

La visite dura quelques heures. Wahida était émerveillée, inquiète, et me regardait en se cachant le visage. On aurait dit qu'elle était émue ou qu'elle avait honte.

Nous restâmes un bon moment devant *La parabole des aveugles* de Pieter Bruegel. Je lui citai la phrase de l'Évangile selon saint Matthieu : « Et si un aveugle conduit un autre aveugle, ils tomberont tous les deux dans la même fosse. » Elle rit, me prit par la main et m'entraîna dans une autre salle, juste en face du *Portrait d'un jeune garçon soufflant sur une braise* du Greco. Elle ne lâcha pas ma main, elle la retenait comme si nous avions toujours eu l'habitude de nous promener en amoureux.

– Cela ne te gêne pas si on se tient par la main ?

– Non. J'aime tes mains comme j'aime la pâleur de ton visage ce matin.

– Il faut que je te dise : rarement un homme m'a donné la main, rarement un homme m'a regardée comme tu le fais et m'a parlé de la pâleur de mon teint, jamais un homme ne m'a emmenée au musée, jamais un homme ne m'a parlé de poésie… c'est vrai tout ça, tu peux me croire. Alors, c'est quand ton récital de poésie ?

– Jeudi à vingt heures. Je ne vais pas te faire une leçon sur le Greco, mais c'était quelqu'un qui vivait avec une immense quantité de lumière à l'intérieur de son corps et de son âme. On disait qu'il n'aimait pas sortir le jour, de peur que la lumière naturelle ne trouble sa lumière intérieure. C'était un Crétois, un Grec qui avait voyagé en Espagne et en Italie. Il s'est arrêté à Naples et c'est dans cette ville qu'il a peint ces deux toiles.

– C'était à quelle époque ?

– Vers la fin du seizième siècle.

– Tu veux que je te dise ce qui m'impressionne le plus dans ces peintures ? C'est le temps, le temps passé... cela fait quatre cents ans ! C'est incroyable, ce temps rempli de misère, de guerres, de famines... ça sert à ça les musées, garder le temps, n'est-ce pas ?

Je l'observai à son insu. Elle était bouleversée, plus par le fait d'être dans ce lieu que par ce qu'elle y découvrait. Elle se tourna vers moi et me dit, un peu affolée :

– Jeudi à vingt heures ? En principe, c'est le retour de mon prince charmant. Il m'a dit qu'il reviendrait me chercher jeudi pour notre lune de miel.

– Vous vous êtes mariés ?

– Non, mais il m'a proposé un grand voyage. C'est un homme d'affaires, un type très occupé, toujours au téléphone, il est assez mystérieux.

– Tu as envie de le suivre ?

– Je ne sais pas, je ne sais plus. Ai-je le choix ? Il a gardé mon passeport. Il a dit : « C'est pour faire des visas. » Il ne faut pas en parler avec Laziz, il ne l'aime pas. Laziz est quelqu'un de bien. Je l'ai connu à Casablanca, dans une soirée où une amie chantait des chansons d'Oum Kalsoum, là où j'ai rencontré mon prince. Dis-moi, toi qui es poète, pourquoi on dit toujours « prince charmant ». Ceux que j'ai connus n'avaient rien de vraiment charmant. Enfin, ça, c'est une autre histoire. L'important est que je me trouve à Naples, tenant la main d'un poète dont je n'ai pas lu une ligne et qui se propose de m'apprendre des choses. Et si tu m'invitais à manger une pizza ?

Dans le taxi qui nous emmenait à la pizzeria Port'Alba, elle se pencha sur moi et posa sa tête sur mon épaule. Elle ferma les yeux et ne dit rien. Quand elle les ouvrit, je remarquai qu'une larme coulait sur sa joue.

– Ce restaurant existe depuis 1830. Il fait des pizzas depuis cent soixante-dix ans ! Ce sont les meilleures du monde. Tu sais, la pizza, c'est comme le pain chez nous, du pain avec des choses dessus. C'est l'autre visage de Naples. Alors qu'on dit « Casablanca mange son pain », on dira « Naples mange sa pizza ». C'est simple : de la pâte bien préparée, des anchois, de la mozzarella, des tomates, des olives et du thon, ou du jambon, un peu d'huile d'olive, et voilà. Avec ces ingrédients, tu peux varier à l'infini. Il y a même des pizzas avec juste du fromage et du sel, c'est une spécialité de Pistoia.

– Je veux toutes les essayer, mais je refuse de manger du jambon, c'est interdit par la religion !

– Mais tu bois du vin, j'ai vu l'autre soir combien tu aimes le vin, qui est aussi interdit par l'islam.

– Là-dessus, il y a un différend. Il existe dans le Coran deux versets contradictoires à propos du vin, l'un dit qu'Allah interdit aux musulmans des boissons qui ont fermenté ; l'autre dit qu'il ne faut pas faire sa prière alors qu'on est ivre. Tu vois, cette ambiguïté autorise sans l'autoriser la consommation du vin.

– Ce n'est pas mon problème. Pour moi, tout ce qui est religieux relève de la conscience de chacun. Moi, j'aime boire et j'aime le jambon de Parme. Alors bois si tu veux et laisse le jambon pour les vrais mécréants comme moi !

– Non, tu n'es pas mécréant, tu es libre, c'est tout. Remarque, moi aussi je suis un peu mécréante, non seulement je bois, mais je couche avec des hommes en toute illégalité, je veux dire avec mon prince. Tiens, verse-moi du vin, cela va m'aider pour parler avec toi de choses pénibles.

– Je préfère te parler de pizza et de Naples. Que serait cette ville sans ses pizzerias ? Une cité pleine de trous, une maison sans eau, un cirque sans animaux, un bateau sans marins, un labyrinthe sans mystère. Tu sais, j'établis souvent des correspondances culinaires : je mange de la pizza en pensant aux beignets du matin, ceux de notre enfance; je mange du rizotto en pensant au couscous de blé concassé; je mange de la mozzarella di buffalo en pensant au fromage frais qu'on prenait, l'été, comme dessert...

– La mozzarella, c'est quoi ?

– Ah, Wahida ! La mozzarella, c'est le fromage des enfants, c'est comme lorsqu'on mord dans le sein maternel, il y a des gouttes de lait qui en coulent; c'est lié à ce souvenir d'enfance. J'aime ce fromage que les grands amateurs trouvent désuet et sans goût particulier, je l'aime parce qu'il me ramène au sein de ma mère...

– Tu vois, pour tout l'or du monde, je n'aimerais pas être ramenée au sein de ma mère. Je n'ai que des souvenirs tristes et violents. Donne-moi à boire si tu veux que je parle.

4

– Mon père avait deux femmes, deux foyers et pas assez d'argent pour subvenir aux deux. Ma mère avait quatre enfants. Elle travaillait dans une belle villa à Anfa, à Casablanca. Elle ne pouvait pas nous emmener tous avec elle. Chacun son tour. Elle nous laissait chez l'autre femme qui, bien sûr, ne nous supportait pas. Quand je l'accompagnais chez les riches d'Anfa, je passais mon temps à observer les gens. Les enfants ne jouaient pas avec moi. Leur mère le leur interdisait. Je restais seule, je m'ennuyais, alors je volais, tout, n'importe quoi, des jouets, de la nourriture, des bijoux, des objets sans valeur. Je voulais me venger. Ma mère, la pauvre, ne s'en rendait pas compte, elle travaillait tellement, elle était fatiguée le soir, et j'entendais mon père venir la réveiller pour monter sur elle. Elle n'avait plus de seins, c'étaient des morceaux de peau, des choses flasques, ridées, sans vie, sans lait. Un jour, elle fut renvoyée de chez les riches. Accusée de vol, elle avait pleuré et nous négligeait. Un autre jour elle est tombée dans la rue, évanouie, l'ambulance a mis deux heures pour venir la ramasser, elle est morte avant d'arriver à l'hôpital. J'avais douze ans. Mon père nous a installés chez l'autre épouse. Dès que j'ai eu mes quinze ans, j'ai suivi le premier homme qui m'a tendu la main. Voilà mon histoire. Triste, et pourtant j'aime la vie et je suis heureuse d'être à Naples. J'attends un homme, celui qui est parti et qui m'a dit qu'il serait de retour jeudi. S'il ne revient pas, tant pis, plus rien ne me blesse, plus rien ne m'intéresse. Sakina me tiendra compagnie. C'est ma cousine, une brave fille, pas très maligne, elle sourit à tout le monde et met sa main sur la bouche pour cacher le trou de la dent qui manque. Moi, j'ai toutes mes dents et il me manque tant et tant de choses…

Comme au premier soir, elle me tendait le briquet pour allumer ses cigarettes, se versait à boire quand j'oubliais de la servir, mangeait peu et se laissait lentement aller à une douce mélancolie. Elle me dit : « Ce soir, le vin est triste et j'ai envie de tomber dans un sommeil profond, celui qui apporte l'oubli, qui efface les mauvaises traces de la vie... Raccompagne-moi et nous irons demain mercredi nous promener où tu voudras. Tu me diras ce que tu aimes dans Naples, ou ce que tu n'aimes pas.

Nous nous retrouvâmes le lendemain via del Duomo, tout près du palais Cuomo, et nous décidâmes de descendre le corso Umberto I. Nous étions dans le Naples le plus étrange, celui du réel, le Naples des gens qui ne font plus attention à ce qu'ils voient et où ils vivent, puis dans le Naples que nous inventions, que nous dessinions à mesure que nos pas nous menaient vers l'inconnu. Elle me demanda de lui dire ce que j'aimais dans Naples.

– C'est curieux, j'ai des sentiments ambivalents vis-à-vis de cette ville; c'est pareil avec Tanger. Je peux dire ce que je n'aime pas à Tanger, mais je suis incapable de dire pourquoi je l'aime.

– Tu parles des villes comme si c'étaient des personnes.

– Oui, une ville, c'est comme une immense maison, quand on y vit, on s'approprie les murs, leurs fissures, et on l'accepte avec tout ce qu'elle nous apporte.

– Alors, dis-moi ce que tu aimes à Naples, dis-le dans le désordre, dis-moi tout, sans te retenir ou hésiter, tout ce qui te vient à l'esprit.

– Ce que j'aime dans Naples, ce ne sont ni les musées, ni les églises, ni les monuments, ni la mer. Ce que j'aime à Naples, c'est la turbulence des pierres, la folie qui plane au-dessus des toits comme un nuage, c'est le linge qui sèche sur une corde entre deux balcons, c'est une vieille femme habillée en noir et qui garde de l'ironie au coin de l'œil, c'est le marché en plein air où des Marocains crient «*figui nostri*», c'est l'excès, l'excès de bruit, l'excès de mystère, l'excès d'évidence, l'excès de violence et la peinture rouge versée sur les murs pour faire croire que c'est du sang, c'est de croire au sang de saint Janvier se liquéfiant et à celui de saint Jean Baptiste bouillonnant, ce que j'aime dans Naples, c'est l'odeur de mazout mêlée à la poussière suffocante, c'est la sueur des visages qui pestent contre le désordre ordinaire, c'est un pressing ouvert pour vendre des billets de loto, c'est la rue qui se rétrécit pour fuir une église, c'est une madone qui pleure des larmes de sang, c'est le miracle qui marche sur une montagne de friandises, c'est le sucre glacé

poete

qu'on ajoute pour faire joli, c'est le scooter qui sillonne les avenues en zigzaguant, c'est la télé allumée jour et nuit, c'est le sourire d'une belle femme qui attend son homme, c'est une patrouille de police qui fait semblant de mettre de l'ordre, c'est la grève de la Camorra et la manifestation des voyous, c'est le musée national qui tourne le dos aux hurlements de la vieille ville, c'est un parking qui enlaidit encore plus la piazza Dante, c'est un restaurant au menu unique, c'est le funiculaire qui se prend pour un train magique, c'est un couple de jeunes mariés qui sort en courant de l'église et va se faire photographier sur la jetée, c'est une rue qui ne mène nulle part, c'en est une autre qui tombe dans une fosse, c'est la nuit qui enveloppe les murs d'un écran plein d'étoiles et de pastilles vertes que ramassent les enfants pour en faire des billes, c'est le feu d'artifice qui enchante le ciel de la dernière heure de l'année, c'est une avenue qui se perd dans un tunnel, c'est une pente qui me rappelle la calle Josafat à Tanger, c'est un corso qui me fait penser aux ramblas de Barcelone, c'est un hôtel qui prétend avoir été celui d'Hemingway, c'est un château qui se souvient, un palais qui devient un musée, un bateau qui part pour Capri, un autre qui arrive d'Amalfi, un touriste qui se fait voler son sac, un autre qui attrape un coup de soleil, un Milanais qui est dégoûté, un Romain hautain qui s'enfuit, un écran de fumée, une fontaine oubliée, une terrasse à Posillipo, des jardins qui se prennent pour des miroirs, des arbres qui chantent, des échafaudages qui se fissurent, des bougies pour rien, une prière pour l'habitude, un coup de feu dans un bar, les égouts qui remontent à la surface, les parfums altérés de certaines dames, le regard du sourd, la passion du fou, Stendhal dans les mémoires, Rabelais dans les écoles, le comte Toto qui ne fait plus le clown, Vittorio de Sica en noir et blanc, les cartes postales qu'on égare à la poste, des posters de Silvana Mangano, des collines qui s'éloignent, des villes dans la ville où l'on entend les soupirs des morts, des cimetières où des anges respirent encore, des moineaux qui font un balai piazza del Plebiscito, des cris dans la nuit, des visages enfarinés dans la foule, un cirque qui déménage, l'amour clandestin dans le silence des églises, une Marocaine perdue dans la vieille ville, et moi, qui lui tiens la main...

Wahida resta silencieuse. Ses yeux dans les miens, ses mains tremblantes dans les miennes, elle me dit :

– Serre-moi dans tes bras longtemps.

Nous étions vico Scassacocchi, pierres noires et délabrées, quand surgit un petit homme trapu avançant avec des béquilles. Il nous tendit la main. Je remarquai qu'il n'avait pas de cou. Il était hargneux et vindicatif. Il était suivi par une bande d'enfants qui se moquaient de lui. Je lui donnai un billet de cinq mille lires. Il me le jeta à la figure et me menaça avec l'une de ses béquilles. Wahida eut peur; je dis à l'homme une phrase en arabe, cela le fit rire et il s'en alla en se dandinant. Tandis que nous poursuivions notre promenade dans ces ruelles incertaines, un enfant nous entraîna vers une espèce de grotte, une cave, ce qu'on appelle en italien *una bassi*. C'était une sorte de crypte, creusée dans la pierre en forme d'alcôve. Au milieu, un lit, deux chaises, une table ronde sur laquelle était posé un vase contenant des fleurs en plastique. Au fond, une vieille télévision noir et blanc, un miroir, la photo de la madone, le portrait d'un homme avec une grosse moustache, et dans un coin une vespa. Un homme en pyjama rouge vif, plutôt jeune, était sur le lit. Il ne faisait rien. On aurait dit qu'il nous attendait.

– Besoin de cigarettes américaines, de whisky Black Label, de montres suisses, ou bien d'autre chose ? nous demanda-t-il.

Mon intuition et mon expérience du terrain napolitain me dirent qu'il fallait lui acheter quelque chose.

– Cigarettes !

Sans bouger de son lit, il se pencha, sortit de dessous une cartouche de Marlboro et dit :

– Cinquante mille.

C'était pratiquement leur prix dans les kiosques à tabac. Mais pas question de discuter. Wahida me pressa de nous en aller. Elle avait peur.

L'homme n'était pas menaçant. La peur venait d'ailleurs. Plus tard dans la soirée, quand nous rejoignîmes Laziz et Sakina au restaurant, Wahida était triste, buvait et ne mangeait pas. Son amie, gourmande et plus insouciante, lui dit en arabe :

– *Ma ikoun rer l'kher; mièke ali'e, dounia hania we sama safia* (Il n'arrivera que le bien; oublie-le; le monde est calme et le ciel pur.)

Elle ne répondit rien. Sakina aimait la cuisine de ce restaurant réputé pour son ragoût. Cela lui rappelait un plat marocain où les tomates mijotent pendant des heures à feu doux.

La soirée ne fut pas très gaie. Laziz était préoccupé par la mauvaise santé de sa mère qui refusait de laisser le médecin entrer chez elle, à Casablanca. Elle commençait à perdre la mémoire immédiate. Les deux femmes de ménage se faisaient payer plusieurs fois leur salaire mensuel. Elle avait bien quelques soupçons, mais rien de précis. Ma mère, au contraire, aimait s'entourer de médecins. Les bonnes la volaient. Elle me disait : « C'est le prix à payer pour ne pas me retrouver seule dans cette grande maison. » Wahida eut une crise de larmes. Elle se retira aux toilettes, accompagnée de Sakina. Laziz me dit :

– Tu comprends ce qui se passe ?

– Pas vraiment.

– D'après ce que la petite m'a laissé entendre – elle est plus bavarde que ton amie –, elles ont été roulées par un type du Golfe, quelqu'un qui prétendait être un prince, il leur aurait fait miroiter la belle vie, elles l'ont suivi, et le mec a disparu. Cela arrive souvent depuis que ces obsédés envahissent nos hôtels.

– C'est le type qui, en principe, devrait être de retour jeudi.

– Tu crois qu'il viendra ?

– Ça m'étonnerait...

– Mais alors, pourquoi a-t-il gardé leurs passeports ?

– Pour la question des visas, et pour les mettre en confiance.

– C'est une histoire qui aurait pu être com-

plètement napolitaine. Que faire à présent? Moi, je n'ai pas le temps de m'en occuper. Tout ce qu'on pourra faire, c'est les aider à repartir chez elles, au Maroc.

– On dirait qu'un *jettatore* s'est occupé de leur sort. Chez nous, les *jettatori* sont souvent des femmes. Elles savent comment jeter des sorts et se tirer du malheur.

Avant qu'elles ne nous quittent, je donnai à Wahida le téléphone de mon hôtel.

Elle me rejoignit le lendemain, en fin de matinée, sur la terrasse du château de l'Œuf. Un vent froid soufflait sur la baie, qui jouait avec des papiers gras et gonflait la chevelure verte d'une jeune fille regardant la mer. Jean déchiré aux genoux, la tête entre les mains, elle était pensive. Ses oreilles percées de plusieurs anneaux et la couleur de ses cheveux la désignaient comme une jeune fille à la mode, rebelle mais assez conformiste dans sa façon d'être. Ce visage trop maquillé, ce bras tatoué – une étoile dans un soleil –, cette nonchalance trahissaient son côté romantique. Elle avait un regard pris dans une nostalgie dont on ne devinait rien. Elle essayait de déchiffrer l'horizon dans la brume. Quand elle se retourna, je remarquai qu'elle pleurait. Je me dis : « C'est l'âge où les histoires qu'on vit débordent et se lisent aisément sur le visage. » Blessée, elle avait dû étaler ces signes à la mode sur son corps pour oublier un chagrin. Wahida la regarda puis me dit :

– Cette fille est aussi triste que moi.

– Aujourd'hui nous allons en finir avec la tristesse. Si tu me fais confiance...

– Bien sûr, je te fais confiance. De tous les hommes que j'ai rencontrés, tu es le seul à m'avoir non seulement respectée, mais redonné confiance en moi, et je t'avoue que je pense très souvent à toi et que j'en ai des frissons. Prends ma main, tu vois comme elle tremble.

Nous quittâmes le château et allâmes nous promener sur la jetée le long de la via Partenope. Des adolescents étaient couchés sur de grosses pierres blanches et s'embrassaient. Les garçons étaient allongés sur les filles dont on voyait la chevelure. Le spectacle avait quelque chose de grotesque dû à la similitude des gestes et des mouvements des jeunes gens. De temps en temps un garçon se relevait, la main sur la braguette de son pantalon. Gêné, il essayait de dissimuler la tache de sperme qui était visible. Je riais. Wahida aussi. Je lui racontai mon expérience d'adolescent malheureux qui se réfugiait avec sa petite amie dans le vieux cimetière du Marshan, à Tanger. Je me cachais là. Ma petite amie avait peur de rencontrer l'un de ses sept frères. On attendait la tombée de la nuit pour flirter. Moi aussi j'éjaculais dans mon slip. Je tremblais quand je me relevais.

En bas de la jetée, dans un coin abrité du vent, des chauffeurs de taxi, torse nu, mangeaient des sandwichs en parlant à voix haute. Il se dégageait de ce lieu des odeurs d'urine, de poissons morts et d'algues séchées.

Wahida me demanda de nous en aller.

– C'est déprimant ! C'est jeudi prochain que tu récites tes poèmes.

– Oui, dans une semaine. Je penserai à toi pendant la lecture.

– Pourquoi ne pas m'en lire un, juste un.

– D'accord. J'en profiterai pour répéter. C'est un poème sur les femmes de Naples que j'ai écrit il y a quelques années.

Les Femmes de Naples

C'est dans leurs yeux que les jardins se bous-
[culent
pendant que le vent fait des vagues avec leur
[rire.
Dans leurs chevelures noires, argentées,
les roses de la petite folie retiennent les rêves
[de départ :

partir dans l'étendue des mots avec des pen-
[sées excessives
partir à cheval comme la rumeur et la fable.

Elles ne sortent pas de la mer et n'aiment pas
[les sirènes.
La mer, elles la regardent, assises sur un banc
[de pierre,
drapées dans le deuil.

La mer est un lit pour l'attente.
Leur visage est une terre qui a assez bu.
Leur peau a accueilli le temps avec le sourire.
Les rides sont belles : « c'est le travail du temps et du rire », disent-elles.

Ces femmes qui croient au songe
lèvent la main ouverte pour arrêter le mau-
[vais œil.
Elles portent le siècle dans le regard
et blanchissent les souvenirs impudiques.
Femmes d'hier, femmes de toujours,
elles savent vieillir et remplissent le soir de
[pensées chaudes.
Certaines reprisent des tricots de laine
et attendent le retour du mari ou du fils.
Elles regardent l'horizon et croient voir une
[silhouette avancer
les bras chargés de fruits.

Elles ont peur que les mauvais rêves ne des-
[cendent du lit
et atteignent leurs hommes.

Femmes d'aujourd'hui, elles gardent leur
[robe quand elles entrent dans l'eau.
Les garçons les guettent.
Ils aiment les voir sortir trempées, le chemi-
sier collant à leur peau et les seins lourds de
[désir.

Femmes d'aujourd'hui, femmes de toujours.
Elles ont appris à marcher juste pour faire un
[peu mal aux hommes.
Elles donnent des couleurs au soir
font que la nuit ressemble à la vague brisée
[des amours.
Dans le tumulte et les larmes.

Corps pleins donnant le sein à l'enfant tardif,
corps brûlants dans le regard qui chavire,
femmes des passions et des orages,
vous êtes nos mères, nos épouses et nos
[amantes.

Prises au bord du rire
vous descendez l'échelle du temps
et nous donnez la jeunesse.

Gardiens du désir
nous veillons votre sommeil
jusqu'au jour qui monte en perdant les [écailles du songe.

Notre regard s'est perdu dans la nuit de vos [solitudes.
Nous habitons votre chevelure
et prenons le soleil dans les éclats de votre [rire.

Après un moment de silence, elle dit :

– Tu aimes les femmes; tu les aimes beaucoup et bien. Je ne suis pas brune, je ne porte pas le deuil, et pourtant je me suis reconnue dans tes mots.

– Oui, tu as raison, je les aime, mais mon drame est que je ne les comprends pas. Elles m'intéressent, m'intriguent, et toutes mes histoires d'amour sont des ratages !

– Peut-être est-ce parce que tu te poses trop de questions, tu es attentif et tendre. Sais-tu que tu es le premier homme, le premier Marocain à me comprendre. Je me sens en confiance avec toi. Je te le redis : tu es le premier homme à m'avoir donné la main, à avoir pris la mienne avec délicatesse. Avec toi, je me sens autre, humaine, forte, et pourtant nous nous connaissons depuis peu. Avec les autres, je vivais dans le néant, dans l'hypocrisie, la facilité, le plaisir bref et puis plus rien. Tu me donnes envie de te confier mes secrets. Je peux te parler, tout te dire ?

– Je ne te jugerai pas. Ton histoire m'intéresse.

– Je t'ai dit que j'ai été élevée par ma belle-mère, une brute, égoïste et méchante. C'est mon géniteur qui est responsable de ce désastre. Après la mort de ma mère, je n'avais plus envie de vivre ou de faire un effort pour m'arranger avec les gens. À quinze ans, j'ai suivi le propriétaire de la maison où nous vivions ; il venait chercher le loyer et j'avais remarqué son œil lubrique. Quand il me regardait, il arrachait mes habits. Il me plaisait, disons que j'étais curieuse et il me donnait l'occasion de quitter mon enfer. Il m'avait installée dans un petit appartement meublé, j'allais au lycée, il venait me voir tous les deux ou trois jours. J'ai perdu ma virginité. Il me donnait de l'argent pour vivre. Plus tard j'ai fait des études de droit, je voulais devenir juge, mais j'ai renoncé ; j'ai été dégoûtée par l'ampleur de la corruption. Tout se vend. Tout s'achète. Plus d'honneur ni de dignité. Les

SanFelice

gens ont pris l'habitude de céder à la corruption. Ma vie se déroulait dans la routine et la paresse. Un jour ce fut un autre homme, probablement un ami du propriétaire, qui a ouvert la porte. Il me dit : « Hadj Mohamed est parti en voyage, il m'a donné ça pour toi. » C'était de l'argent. Au lieu de repartir, il enleva sa veste et ses chaussures et me réclama une bière. Depuis, il m'est souvent arrivé de servir à boire à des hommes qui se déchaussent et se mettent à l'aise sans me demander mon avis. Je me suis laissé aller. J'ai accepté des dîners chez des gens que je ne connaissais pas, des soirées avec des chanteurs, des musiciens, des shikhats. J'ai bu, j'ai ri, j'ai dansé, j'ai accepté de poser mes lèvres sur des bouches qui sentaient mauvais, des bouches aux dents pourries. Je me suis souvent retrouvée à genoux devant des hommes ivres, affalés sur des canapés, ronflant, les yeux mi-clos, à la limite de la vie et de la mort; ils plongeaient la main dans leurs poches et en sortaient des billets froissés qu'ils me jetaient comme de la nourriture à un chien. Je les ramassais sans les compter, les froissais à mon tour et je fermais les yeux pour ne plus voir ces visages bouffis par l'alcool. Je me relevais, ajustais mes vêtements, et je m'en allais en courant. Ah, mon ami, j'ai appris à ne plus pleurer, à ne plus rien ressentir. J'avais pitié de moi-même ; je méprisais ces hommes et pourtant je prenais leur argent. Avant de m'endormir, je vomissais. C'était important de vider mes intestins, je me lavais, je me frottais la bouche avec un gant à peine mouillé et je plongeais dans le sommeil en ne pensant à rien. Le lendemain ça recommençait. J'avais la paix jusqu'à sept, huit heures du soir. Ensuite j'attendais les appels. Sakina venait me rejoindre et me mettait au courant des propositions de la soirée. Ah, les nuits de Casablanca ! Il faut voir tous ces fonctionnaires qui traînent dans les bars et qui se retrouvent ensuite dans des boîtes de nuit où ils avalent des whiskies ou des bières, dansent avec d'autres hommes, chantent avec les chanteurs, se pâment devant les danseuses, mettent des billets entre les seins de la chanteuse, hurlent leur amour de l'amour qu'ils ne font plus, titubent, tombent et repartent chez eux, les poches vidées, les yeux vitreux et l'haleine fétide. Terribles étaient ces nuits interminables, avec les mêmes fantômes, des ombres pathétiques. Et nous, les femmes, nous devons subir cet étalage de misère pour oublier une autre misère, nous prenons des risques, nous acceptons n'importe quoi, parce que nous savons qu'au bout de la nuit, dans le taxi qui nous ramènera dans notre bidonville, nous froisserons les billets qui permettront au petit frère d'aller au lycée, à la petite sœur de s'acheter une jolie robe, à la tante de payer les médicaments pour le cœur. Nous comptons les billets et nous n'en tirons aucune fierté. Ma vie a commencé très tôt. Est-ce une vie ? Je ne fais rien de mal. Mais ce que je vis n'est pas une vraie vie. Je ne suis pas la première à me poser ce genre de question. Je t'en parle parce que tu es là pour m'écouter et peut-être pour m'aider. Il m'est arrivé de tomber, c'est-à-dire de perdre pied, de glisser dans une fosse, une fosse pleine de merde. Je me relevais et j'oubliais. Parfois c'est assez dur, car les choses se répètent. Les hommes n'ont pas beaucoup d'imagination ou bien ils sont pervers. Alors, tu comprends, quand un soir un homme élégant et l'air sérieux m'a proposé de quitter ce pays et cette misère, je n'ai pas hésité. Sakina, qui l'avait connu, m'en avait dit du bien. Il ne l'avait pas touchée. C'était un Oriental, je ne sais plus si c'était un Libanais, un Syrien ou un Abou-Dhabien. Brun, un peu enveloppé, il portait une chaîne en or autour du cou, il avait aussi une montre en or. Il claquait un argent fou. Il nous disait qu'il travaillait au cabinet d'un prince du Golfe, était lui-même d'origine princière mais préférait ne pas mettre en avant cet aspect de sa vie. Il parlait plusieurs langues. Le plan était le suivant : un arrêt de quelques jours à Naples pour régler des affaires, ensuite l'Égypte pour un jour ou deux, et enfin Abou Dhabi où il avait une boutique de prêt-à-porter féminin. Nous devions travailler comme hôtesses d'accueil avec un salaire de deux mille dollars, logées et habillées. Il nous a fait signer un contrat dont je n'ai pas le double. Arrivés à Naples, nous sommes descendus dans un grand hôtel. Il avait réservé une suite pour lui et une chambre double pour Sakina et moi. À aucun moment il n'a tenté de coucher avec l'une ou l'autre. En revanche, ce qu'il aimait, c'était se vautrer sur le canapé, les jambes écartées, une fille de chaque côté, il caressait nos seins tout en regardant la télé, ça l'aidait à s'endormir. Il ronflait et bavait un peu. La suite, tu la connais. Il est parti un matin et nous a dit qu'il reviendrait le lendemain. Au bout de deux jours, quelqu'un, un Italien, est venu nous demander. Il a réglé la note (beaucoup d'argent) et nous a dit de le suivre. Devant notre étonnement, il nous a appris que M. Samir était parti et qu'il nous avait confiées à lui. C'est ainsi que nous nous sommes retrouvées prises en otage par un drôle de type. Sakina s'est souvenue de Laziz, dont elle avait gardé la carte. Elle l'a appelé; je ne sais pas ce qui était convenu avec le type, mais nous avons été relâchées pour quelques jours. Il nous a aidées à nous installer dans un petit hôtel. À présent, je pense que le mieux est de rentrer à Casablanca. Mais comment faire pour récupérer nos passeports ?

5

L'histoire de Wahida et de Sakina n'avait rien d'étonnant pour moi. Chaque année la rumeur de Casablanca nous apprenait des cas similaires : abus de confiance, voyage, puis disparition des filles. Il y a la filière suisse et la filière égyptienne. L'italienne, je n'en avais jamais entendu parler. M. Samir ne pouvait pas faire le travail à moitié. D'après Laziz, il allait refaire surface et négocier le rachat des passeports ainsi que la liberté des deux filles. Peut-être qu'il n'apparaîtrait pas lui-même et aurait confié l'affaire à un correspondant sicilien. Après tout, nous étions à Naples, la ville de la Camorra, la ville de tous les trafics et de tous les désordres. J'avais peur de devoir affronter ce genre de type. Naples n'était plus pour moi la ville des musées et des églises, ce n'était plus le lieu de l'art à l'épreuve du temps, il me fallait reconsidérer l'autre visage de cette ville. Je me mis à téléphoner à des connaissances napolitaines. Personne n'était au courant de la filière Casa-Naples. Mon ami Pietro, journaliste à *Il Mattino*, me mit en contact avec un vieux reporter qui avait passé sa vie à couvrir les méfaits de la Camorra. Il me dit bien connaître la filière de la prostitution nigériane mais il n'était pas au courant de l'arrivée des Marocaines dans le circuit. En fait, elles n'étaient pas encore sur le trottoir, mais cela n'allait pas tarder. Il m'indiqua un café via dei Tribunali où je trouverais un certain Mimo, ancien boxeur au nez cassé, un faux-monnayeur, qui dirigeait les opérations de la prostitution étrangère. On l'appelle d'ailleurs « ministre des affaires étrangères ».

Je dis à Laziz :

– Mais elles ne sont pas prisonnières, il leur faut juste récupérer leurs passeports.

– Tu as raison, mais ne crois pas que la Camorra lâche si facilement des filles. Elle sait où les trouver et comment les contraindre à travailler pour elle.

– Pourquoi ne pas faire une déclaration de perte et quitter Naples ?

– C'est le bon sens, mais, mon ami, nos deux petites Marocaines sont déjà sous surveillance. Tu ne connais pas bien Naples et surtout pas les camorristes. Ils tuent pour moins que ça. J'ai déjà remarqué que nous étions suivis. Et puis, pour les libérer, je me suis porté garant. Ils me connaissent et peuvent à n'importe quel moment me faire payer ma trahison. À mon avis on n'a pas le choix, il faut qu'on accepte de négocier, de racheter la liberté des filles. Il faudra beaucoup d'argent. Moi, je pourrais bien vendre une pièce de ma collection et toi, que pourras-tu apporter ? Le Monsieur Samir a déjà été payé et il doit être loin. Enfin, ne sois pas naïf.

– On va chez la police.

– À tes risques et périls. Tu as déjà pissé dans un violon ou, si tu préfères, dans du sable ?

– Je vois. Les filles doivent arriver d'un moment à l'autre. J'ai donné rendez-vous à Wahida à dix-huit heures.

– Elles ne viendront pas. Il faut qu'on aille voir ton boxeur retraité.

Parallèle à Spaccanapoli, la via dei Tribunali nous plonge dans le vieux Naples, plus noble et plus baroque. Cette rue aboutit au mont de la Miséricorde, ce qui n'est pas un hasard puisque Mimo a choisi ses bureaux – en fait, une table en Formica dans un coin du bistrot – à quelques mètres de ce haut lieu de la bienfaisance. Le guide nous dit que « cette église, construite en 1601, avait pour but de secourir les indigents, les infirmes, les condamnés, de loger les pèlerins, de reprendre les esclaves chrétiens tombés aux mains des pirates... ». La miséricorde n'est plus gratuite. Mimo nous le dit d'emblée.

– Avant toute chose, avez-vous visité cette église ? C'est là que se trouve l'un des plus beaux tableaux de Caravage *Les Sept Œuvres de Miséricorde*. Cela n'a pas de prix, alors que vos filles ont un prix, c'est pas grand-chose, mais il faut ce qu'il faut. À Naples, si on vous vole votre portefeuille, vous pouvez le racheter le lendemain au marché, là, derrière cette rue. Il sera vide, mais au moins vous le retrouverez. Tout a un prix !

De petite taille, brun, l'œil plissé, le regard brouillé, il parlait doucement avec un accent du Sud. Il n'était pas étonné par notre visite. Il nous attendait.

– Elles sont mignonnes, les petites Marocaines, on dirait des Siciliennes avec leur peau couleur miel. Elles sont un peu paumées, mais ça s'arrange. Normal, c'est le décalage horaire, et puis aussi, c'est Naples. Même moi, quand j'arrive à Naples – je suis de Trappani –, j'ai besoin d'un jour ou deux pour m'adapter.

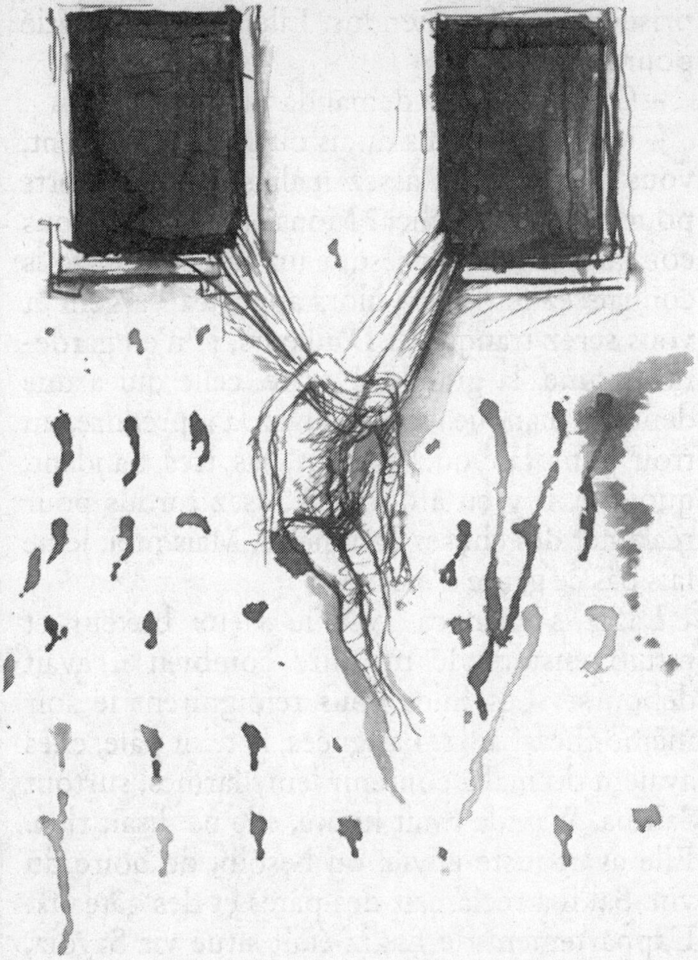

C'est ça Naples, une ville folle, pleine de surprises et de malentendus. Elle n'a pas de pitié pour les distraits.

– Où sont-elles ? demanda Laziz.

– Même si je vous disais où elles se trouvent, vous vous croyez assez malins ou assez forts pour aller les chercher ? Monsieur Laziz, je vous connais, vous êtes presque un Napolitain, vous connaissez les règles, alors apportez l'argent et vous serez tranquille. D'ailleurs, je n'en garderai qu'une, la grande. L'autre, celle qui a une dent qui manque, vous pouvez la reprendre, un trou dans la bouche, c'est pas très bandant, quoique, il y en a qui sont assez tordus pour réclamer des choses comme ça. Mais moi, je ne fais pas ce genre d'article !

Laziz s'arrangea avec le vieux boxeur et refusa ensuite de me dire combien il avait déboursé. Les filles nous rejoignirent le soir même chez Laziz. Fatiguées, le teint pâle, elles avaient du mal à contenir leurs larmes, surtout Sakina. Wahida avait honte, elle ne disait rien. Elle avait juste envie, ou besoin, de boire du vin. Sakina réclamait des pâtes et des gâteaux. L'appartement de Laziz était situé via Savoia, sur l'une des collines de Naples. On y accédait par le funiculaire. Il était assez spacieux, encombré d'objets d'art de bon et de mauvais goût, de sculptures, de meubles d'époque, de miroirs syriens et de quelques tableaux de peintres inconnus. Il y avait aussi sur une étagère une série de bocaux remplis de terre ou de sable. Sur chacun était collée une étiquette avec le nom d'un pays. Laziz avait la manie de rapporter de ses voyages un peu de la terre des pays visités. Je cherchais à quoi ressemblait la terre du Maroc. Il n'y avait pas de bocal « Maroc ». Il me dit que ça, c'était dans le cœur. L'Italie non plus n'avait pas de bocal. « C'est trop près, je n'ai qu'à tendre la main et j'ai ce qu'il faut ! » Cela amusa les filles.

La cuisine, assez grande, servait de salle à manger. Laziz déboucha une bouteille de vin rouge *frizante*, une sorte de mousseux. Léger, ce vin était bu en apéritif. Il téléphona à sa mère, à Casablanca, pour lui raconter les dernières péripéties. C'était entre eux un rituel : tous les jours à la même heure, ils se parlaient. Mamma Laziza proposa à Wahida de l'engager comme secrétaire et jeune fille de compagnie. Elle avait besoin de sentir de la jeunesse à ses côtés, ça lui donnerait de l'énergie pour son travail. Wahida dit : « Et pourquoi pas ? Si je dois retourner au Maroc, ce sera pour changer de vie et faire quelque chose d'intelligent ! » Il y avait de l'émotion dans sa voix et du désarroi dans son regard. Sensible et désarmée, elle avait besoin d'oublier un mauvais souvenir, d'effacer les traces d'une aventure dont elle n'avait pas mesuré les risques. Elle s'en voulait. Elle me dit à l'oreille : « Tu me liras de la poésie tout à l'heure ? Quand tu lis c'est comme si tu me caressais ; j'ai besoin de t'entendre lire des vers, les tiens de préférence, ceux des autres, je ne les connais pas, on ne m'a pas initiée à la poésie, juste au vin et à l'acrobatie au lit ! »

Après le dîner, Laziz mit de la musique marocaine. Les filles dansèrent. Nous étions sonnés par l'alcool et les épreuves de la journée. Chacun s'endormit dans un coin. Je n'avais pas sommeil. J'avais envie de serrer Wahida contre moi. Elle dormait profondément. C'était mieux ainsi. Je me dis que c'était la première fois que je vivais une histoire d'amour platonique, une histoire sans sexe, sans trop de complications. Je décrétais Naples ville de l'amour sans attouchements. C'était faux. Mais j'associais Naples à ce sentiment doux et apaisant d'aimer sans tourments. Combien de temps tiendrais-je dans cet état-là ? C'était une promesse que je m'étais faite : aimer vraiment, pour la beauté du geste, pour la gratuité des sentiments, sans que le sexe s'en mêle. Un pari, un défi. Des années de yoga et la lecture des poètes soufis m'y avaient préparé. C'était aussi une question de hasard. Pourquoi Naples ? Comme dans un roman, j'étais venu dans cette ville sur les traces d'un amour fou qui m'avait brisé. Je me faisais mon cinéma, allant jusqu'à recréer un amour défunt. Je me souvenais du film d'Alfred Hitchcock, *Rebecca*, où Laurence Olivier retournait avec Joan Fontaine dans le château où il venait de perdre la femme qu'il aimait tant. Wahida était une image qui se superposait à une autre image, en se décalant un peu. J'étais persuadé qu'il fallait revisiter avec elle les lieux de l'amour. Sa présence était pour moi comme le reflet d'un souvenir, l'ombre d'une histoire, le double d'une image qui flottait dans le vent. Chacun de nous garde secrètement au fond de lui-même un amour qu'il aurait aimé vivre. Ce fut le visage de Wahida qui réveilla en moi ce désir au point d'y croire, confondant la réalité napolitaine et l'imaginaire lointain, non situé, un imaginaire de tous les espaces et de toutes les époques. Naples me fait souvent cet effet : me renvoyer à mes fantaisies, m'éloigner du réel ou le confondre avec des images venues d'ailleurs. Naples crée chez moi un besoin d'exorciser le passé. La seule grande histoire d'amour que j'aie réellement vécue, en dehors du drame de Ravello, se situe à Tanger dans les années soixante. Elle me poursuit comme une blessure, une romance inachevée. Elle ne me quitte pas. Naples me rappelle Tanger et ressuscite cet amour de jeunesse. Il y avait bien une confusion mentale dans mes pérégrinations sentimentales, due en grande partie au trouble que me causait cette ville. Je partais dans les ruelles du vieux Naples, à la recherche des dessins qu'Ernest Pignon-Ernest avait exécutés sur les murs. Ces œuvres d'art au destin éphémère étaient parfois recouvertes d'affiches d'annonces funéraires ou de quelques publicités démodées. Ces dessins, ou ce qu'il en restait, dataient les étapes de mes histoires d'amour. J'étais persuadé que les traces de ces amours s'effaceraient en même temps que les dessins d'Ernest. Il subsistait quelques traits au fusain, une jambe, l'œil d'une jument, une chevelure sortie de la mer, une main ouverte... Comme dans ma vie, des moments inscrits à l'encre sépia demeuraient dans le grenier de ma mémoire, des instantanés, des flashs, des bouts de vie imprimés dans le tissu du rêve, des gestes, des odeurs, des impressions plus ou moins fortes.

Cette nuit-là, je fus submergé par ces bribes de vie et de rêve. Il fallait séparer le visage de

Wahida de l'image d'autres femmes. Je me dis qu'il faudrait peut-être renoncer à Naples, l'oublier, l'effacer de ma vie. Était-ce possible ? Non, Naples n'est pas une ville qu'on oublie. Elle vous poursuit, vous hante et vous habite jusqu'au délire et à l'obsession. Elle vous prend aux tripes et vous laisse sans défense. D'où vient ce pouvoir ? Pourquoi Naples réussit-elle à avoir à ses pieds tous ceux qui s'y frottent ? Tanger est ainsi. On ne la quitte pas. On n'en sort pas indemne. Il est des villes qui sont chargées de tant de mystère qu'elles finissent par devenir des mythes sans dieux. Oublier Naples ! Essayer de la remplacer par Venise ou Florence, ou mieux s'en approcher sans la toucher, aller se réfugier sur la côte amalfitaine, à Ravello, à Positano, à Amalfi. Là où la mer scintille de manière magique, où la beauté du site est une grâce unique au monde. Regarder le bleu de la mer et renoncer à comprendre quoi que ce soit à l'amour. Amalfi, c'est Naples moins chargée d'histoire, plus élégante, plus raffinée, où la douceur de vivre n'est pas suivie de violence et de folie, où les choses prennent le temps de s'installer, où les femmes se lovent dans la splendeur du silence, où les hommes lentement remontent la pente de l'enfance.

Pour accéder à Amalfi, il faut suivre la route des montagnes, souffrir un peu, avoir le vertige et se laver l'estomac des nourritures napolitaines. C'est le prix à payer. On laisse Naples derrière soi et on avance vers des étendues de marbre bleu. Non, Venise ne fait pas oublier Naples. Je n'aime pas Venise, justement parce que je l'ai connue après Naples. Je me souviens de Venise, un jour de tempête où j'étais prisonnier dans une minuscule chambre d'hôtel au confort douteux, avec du papier peint où l'humidité avait dessiné la carte d'un monde étrange, où tout sentait le renfermé. Non, Venise n'est pas faite pour accueillir mes images et mes fantaisies. Elle est sage et sans surprise.

Un silence inquiétant régnait dans l'appartement. Sakina ronflait. Wahida ne bougeait pas. Elle dormait comme une morte. J'observais sa poitrine pour suivre le rythme de sa respiration. Il était lent. Son visage était serein, trop serein. Elle ne rêvait pas. Le lendemain matin, je l'interrogeai sur sa nuit. Elle me dit qu'elle ne se souvenait pas d'avoir rêvé, ni même à quel moment elle s'était endormie. « J'ai été emportée comme un sac de sable jeté dans une décharge. Je ne me souviens de rien.

Heureusement, d'ailleurs : au fait, tu ne m'as pas lu de poésie... »

Je lui récitai *Le Dormeur du val*, unique poème que je connaissais par cœur. Elle était médusée, un peu honteuse de ne pas adhérer complètement à ce texte. Elle avait envie d'entendre ma voix lui dire à l'oreille quelques mots d'amour. Nous étions seuls dans l'appartement. Nous ne savions pas où étaient partis les autres. Elle prit un bain, me demanda de lui laver le dos. J'entrai sur la pointe des pieds dans la salle de bains. Elle était superbe, les cheveux collés sur le front, le regard tendre. Je la voyais toute nue pour la première fois. Elle se retourna et me présenta son dos. Tout en restant habillé, je me mis à le frotter, en fait, je le caressais comme si je lui faisais un massage. Je touchai ses fesses. Elle me dit : « Descends ta main, caresse-moi. » Je me souvins : pas de sexe entre nous. Je frottais sa peau sans toucher son pubis ni ses seins. Elle m'attira vers elle. Je tombai dans la baignoire. Nous éclatâmes de rire, comme des gamins, des amoureux clandestins. Mes vêtements me collaient à la peau. Je la serrai contre moi. Elle m'embrassait avec fougue. Je me relevai et lui dis :

– Non, il vaut mieux pas.

– Mais, j'ai envie de toi, j'ai besoin de te toucher, il ne faut pas me repousser.

– Non, tu verras que ce sera beaucoup mieux ainsi.

Je sortis de la salle de bains, étourdi, la salive amère. C'était de la folie. Résister à une si belle femme, retenir mes élans, me faire croire que c'était un défi d'ordre mystique, bref, je ne me sentais pas bien ni en accord avec le désir qui rongeait mon corps. Je hurlais intérieurement : c'est quoi cette histoire d'amour sans sexe ? C'est quoi cette lubie ? C'est de la folie, une connerie sécrétée par Naples ! Mais, au contraire, Naples est une des villes les plus érotiques que je connaisse. Tout est sexualisé, les gestes, les paroles, les objets, même l'intérieur des églises est érotique. Je ne me souviens plus dans quel roman, une femme entraînait son amant au fond de l'église San Gregorio pour faire l'amour debout contre une belle statue, dans le froid et l'obscurité. Je ne sais plus si je l'ai lu ou inventé. Peut-être devrais-je emmener Wahida dans une église, et là, nous ferions l'amour !

Cette idée me plut tout d'un coup. J'étais incapable de tenir ma promesse. Wahida m'attirait. Mais le fait de lui résister devait augmenter mon désir. Faire l'amour dans une église !

Une provocation. Naples invitait à l'amour. Mais il y avait trop d'églises, trop de saints, trop de madones, trop de statues du Christ. Profaner ces lieux était une façon de protester contre leur multitude.

Après le bain, elle disparut une bonne heure dans une des chambres de l'appartement. Elle apparut ensuite, complètement transformée : cheveux tirés et plaqués, yeux maquillés au khôl, lèvres peintes avec un rouge brillant, autour du cou un joli collier berbère, des boucles d'oreilles en argent et corail. Elle portait un costume d'homme. Très élégante, très ambiguë, elle marchait comme si elle dansait lentement. Je la regardai en souriant. Je lui servis à boire.

– Je voudrais t'entendre réciter des poèmes. Ou, mieux, je serais heureuse si tu écrivais des petits poèmes juste pour moi. Personne ne m'a jamais fait un tel cadeau. Et pour te dire ma gratitude, pour chaque poème j'enlèverai un bijou ou un habit.

– Le printemps dans tes yeux efface les larmes
[de la nuit
le jasmin les égare dans le jardin andalou

et toi, doucement tu entres dans le sommeil
[pour rêver

– J'enlève le collier.

– *Captive de la lumière d'enfance*
tu éloignes la douleur en jetant dans la braise
[les débris du mal.
La volupté mêlée à l'artifice
blesse la vie vive en toi.

– J'enlève la veste.

– *Ton corps taillé dans le désir*
descend les marches de l'attente
et donne vie aux absents.
Il nomme les poètes, les cieux et les nues
se voile d'un amour chaste
et devient songe cruel pour ceux qui t'ont
[blessée.

– Je défais mes cheveux.

– *Tu es belle comme la première lueur du*
[jour
comme une fleur de la montagne née entre
[les ronces.

Tu es belle quand tes mains plongent dans le
[sable des souvenirs
et rapportent les nouvelles du vent.

– J'enlève mes chaussures.

– *Ô la bien-aimée des nuits limpides*
que ne viens-tu sur le navire du secret ?
Inconnue, le fleuve te donnera un nom, une
[étoile et un destin.

– J'enlève… mon chemisier

– *Lointaine et souveraine, tu es l'énigme et*
[l'ombre,
tu es le silence et l'envie
figure de mes doutes
je ne te connais point et je rêve dans tes rêves.

– Là, j'enlève le pantalon !

– *Comme un miroir qui ne réfléchit que le*
[bonheur
tu es arrivée un jour de brume
tu as dressé la table de l'amour et tu as
[attendu
je t'ai regardée marcher et j'ai enlacé mon
[désir.

Tu m'as donné la main et mon cœur a trem-
[blé.
Depuis, nos rêves se sont croisés
et tes pieds ont glissé dans la vie d'une autre.

– J'enlève le soutien-gorge !

– *De quelle souffrance es-tu ?*
De quelle patrie tes yeux se sont détournés ?
De quelle folie as-tu faim en cette longue
[nuit des amours impossibles ?

– J'enlève les bas.

– *Ton regard caché par une larme*
caresse les choses et la lumière.
Tu avances comme une splendeur qui doute
oubliant les hommes tombés à tes pieds.
Tu es vierge comme le caprice de l'étoile.
D'un trait, un baiser efface les amours éga-
[rées
D'un mot le passé n'est plus.

– J'enlève les boucles d'oreilles.

– *Une rumeur, l'odeur d'homme,*
Répudiée pour que tu redeviennes légère
enfant orpheline d'amour

tu es l'impatience qui refuse le chagrin
ta vie souillée par des bouches aux dents
[pourries
tes nuits versées dans l'alcool et le rire mau-
[vais
tes voyages sont des fuites
et tes espérances un linceul pour le sommeil
ta vie a usé des masques, des lunes et des
[silences
ta jeunesse, ce corps insolent, ces jambes qui
[fuient,
ces mains qui se taisent et cette bouche qui se
[couvre de couleurs
Te voilà à présent
nue devant moi
et mon désir est dans mes mots
te voilà souveraine d'une beauté simple
sans bruit et sans nuage
la parole du poète amoureux
ne peut être une invite à l'amour
je célèbre ce soir le souffle de l'âme qui t'en-
[veloppe pour te prendre
très doucement.

– Là, j'enlève l'unique chose que je porte encore !

– Je suis ébloui, je baisse les yeux et repousse mes ardeurs. Je suis homme et j'aime l'éblouissement des sens. Je pense à toi, tu t'éloignes, tu disparais, tu reviens et je vois une multitude de mains t'arracher à mon regard. Nous ne sommes plus à Naples. Nous sommes à Casablanca, dans un de ces cabarets pour hommes tristes, avec des filles jeunes et belles qui attendent qu'une main se tende et que l'autre main froisse les billets avant de les fourrer entre leurs seins. Je te vois et ne te vois plus. Je sens ta présence, je la palpe avec les yeux, mais tu n'appartiens à personne, tu es la femme publique qui refuse d'être une femme publique, je vois les traces de mains, les traces de regards, tu es nue mais sur ta peau des couches de poussière se sont déposées.

Elle se leva, s'empara d'une grande serviette et se couvrit. Elle alluma une cigarette, se servit du vin et se mit à parler en regardant par terre.

– Vierge. Pour toi, je suis vierge. Aucun regard d'homme ne m'a bouleversée avant ton regard, aucune parole d'un autre homme que toi ne m'a atteinte. Je suis à peine pubère pour toi, rien que pour toi, mon homme qui cache de ses mains son visage, mon homme qui ne

me touche qu'avec les yeux. Je viens vers toi, je m'offre à tes nuits, à tes pensées, à ta poésie, je veux remplir tes yeux, m'y installer pour longtemps, je n'ose pas dire pour toujours car je te sais jaloux de ta liberté, je voudrais être en toi, vivre en ton corps, je me ferai toute petite, je ne parlerai pas en élevant la voix, je ne ferai pas de bruit avec mes bijoux, je ne grincerai pas des dents dans mon sommeil, laisse-moi venir à ta porte, prends-moi et ne me lâche plus la main. C'est Naples qui m'a ouvert le cœur. Sais-tu que tous les matins je vais prier à l'église qui se trouve à l'angle de la rue, comme une chrétienne je me couvre la tête et je me mets à genoux devant Jésus et lui demande de m'aider à laver mes péchés, mes égarements, mes fautes, je prie en arabe et j'invoque Mohamad, Allah et tous ses autres prophètes. C'est Naples qui m'a montré le chemin, Naples mon amour, Naples ma déraison, Naples mon rêve du jour et de la nuit, le rêve de mon rêve. Est-ce possible qu'une ville aussi sale, aussi turbulente ait une âme aussi grasse, aussi bonne, aussi chaude ? Naples m'a enveloppée, m'a enduite d'une huile d'olive si pure. Naples m'a sauvée. Elle m'a fait oublier Casa et ses nuits, elle m'a fait oublier ma déchéance et mes errances nocturnes les mains entre les jambes, l'estomac retourné et la tête prise par la clameur des ivrognes. Naples m'a sauvée de Casa; elle m'a sortie du caniveau des illusions. Je ne suis rien à présent, juste un reflet pâle de Casa se lamentant sur son sort, sur le sort de toutes ces filles qui ouvrent leurs cuisses pour ne pas crever, pour hâter la mort, pour aller plus vite vers des cieux gris et sans lumière. Tant de filles jetées dans la rue et dans la nuit, le corps aveugle, la peau encore douce, données à des verges imbibées d'alcool. Ô mon ami, tu es vraiment mon ami, mon miroir où j'aime me voir, mon refuge, mon espoir, ma folie murmurée, je suis à toi, fais de moi ce que tu veux et laisse-moi faire de toi mon maître, mon obsession, mon plaisir vrai, ma joie tout heureuse, et je serai ton esclave d'amour. Ah, mon ami, mon poète qui as su me déshabiller lentement, pourquoi tes sourires sont rares, pourquoi tu ne ris pas aux éclats, tu es trop grave, trop sérieux, tu es un arbre digne, beau et grand, mais qu'aucun vent ne fait plier. Tout ce qui m'arrive, tout ce qui nous arrive c'est à cause de Naples ou grâce à elle. C'est quoi, cette ville ? Dis-moi, toi qui la connais mieux que moi.

– *Il est des villes qui s'ouvrent comme des pastèques, elles se fracassent et s'éparpillent dans tous les sens.*

Il est des villes qui descendent du ciel comme un nuage chargé d'arbres et de jardins.

Il est des villes qui sortent de terre comme des pierres poussées par le temps.

Il est des villes qui prolongent leurs avenues dans le cœur des passants, dans le regard des voyageurs.

Il est des villes qui croisent des chemins, bifurquent et cherchent l'oubli dans les bras de la cruauté.

Naples est de ces villes. Cruelle et belle. Magnifique et insupportable. Sale et splendide. Irrationnelle et brutale. Jamais apaisante. Jamais conciliante. Tu peux marchander. Tu auras l'impression de gagner, mais tu n'emportes rien, juste l'impression de croire que tu es forte, mais c'est de l'apparence, du trompe-l'œil. Justement, Ernest Pignon-Ernest, le peintre dont je t'ai parlé, a joué sur ces apparences. Pendant des années il a collé ses peintures et ses dessins sur les murs décrépis, des murs mangés par le temps et l'humidité. Les gens passent et croient que ces images ont toujours été là, faisant partie du décor de ces ruelles sombres, chargées d'histoire et de légendes.

Wahida somnole. Le vin et les mots dits sur un ton nonchalant l'ont saoulée. Ses yeux deviennent petits. Elle se lève, laissant tomber sa serviette. Nue, elle avance vers le lit de Laziz et s'y jette. Peut-être sa déception est-elle aussi grande que le désir que j'avais de l'admirer sans la toucher. Je la couvris d'un drap et partis dormir dans le salon.

De quel sommeil pris à ses rêves allais-je m'absenter ? Tomber, je rêvais de tomber de sommeil, tomber dans le sommeil, un jardin de feuillages et d'épines. Tomber dans son sommeil et partager ses rêves. S'introduire par effraction dans le labyrinthe des sentiments, se perdre comme si c'était une ville offerte une nuit, rien qu'une nuit. Ni le vin ni les mots ne me firent dormir. J'avalai un somnifère et comptai les jours depuis ma rencontre avec Wahida, surtout les nuits, car c'est à ce moment-là qu'elle est elle-même, s'épanouit, éclate en mille pétales, se répand sur le sol et attend qu'une main aimante la cueille. Et moi je la laissais partir, ne disant rien, je regardais dans le miroir de ma petite folie, folie attrapée à Naples. Qui peut prétendre qu'une ville n'est qu'un ensemble de rues et d'immeubles dessinant un immense dortoir, un asile pour jeunes et vieux ? Naples n'a pas de rues ; elle n'a que des veines, larges, étroites, des rigoles par lesquelles passe le sang des hommes. Naples est

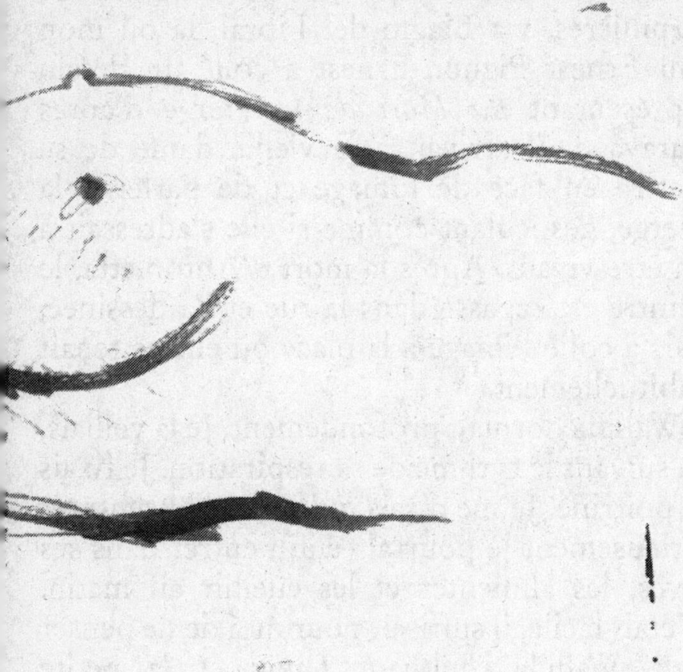

une fontaine d'eau trouble, eau amère comme les larmes des mères en noir, une veuve éternelle comme Antonietta, la vendeuse de cigarettes américaines de contrebande et de serpillières, via Biagio dei Librai, là où mon ami Ernest Pignon-Ernest a collé un dessin représentant *La Mort de la Vierge* d'après Caravage. Il arrivait à la vieille dame de se mettre en face de l'image et de parler à la Vierge, gesticulant comme si elle s'adressait à un être vivant. Après la mort d'Antonietta, le peintre est repassé dans la rue et l'a dessinée, puis a collé l'image à la place où elle se tenait habituellement.

Wahida dormait profondément. Je la veillais, en suivant le rythme de sa respiration. Je fixais sa poitrine. Je me disais qu'en me concentrant sérieusement je pourrais enfin entrer dans ses rêves, les alimenter et les cueillir au matin. C'était facile, il suffisait pour moi de ne penser qu'à Wahida, oubliant Laziz et la petite Marocaine, son amie, celle qu'on appelait l'« amour beldi ».

Wahida, mon amour silencieux, mon amour impossible, ma rose des jardins dessinés dans les tapis de Perse ou tissés dans les tapis du Haut-Atlas, mon énigme, ma force, je te ramène vers l'année 1988, à Naples, un soir ou plutôt une nuit où un homme, pas très grand, marche dans le vicolo Seminario dei Nobili, dans le vieux quartier, un escabeau sur l'épaule, un rouleau de dessins dans la main droite et un seau de colle dans la main gauche. Cet homme est Ernest. Il vient de dessiner David et Goliath, d'après Caravage. Le dessin se présente comme une fenêtre où se penche un jeune homme portant dans chaque main une tête coupée. L'une est celle de Pasolini, le poète qui faisait des films, qui aimait les garçons et le risque, celui qui disait la vérité sans faire de calcul, et l'autre est la tête d'un autre voyou sublime, Caravage, lui aussi aimant les garçons et le danger. Cinq années après le collage, il ne reste qu'un bout de papier où le jeune homme a sauvé sa tête, mais de nouveau celle des deux voyous sublimes a été arrachée.

Ernest Pignon-Ernest t'aurait dessinée. Tu es le genre de femme qui entre dans la mythologie de ses dessins. Il aime les mystères, les silences et le regard qui chavire. Suivons-le dans son tour de la ville la nuit, pour mieux connaître Naples. Il vient de coller un dessin représentant le corps d'un homme dans un trou noir, au ras du sol comme dans un soupirail. Cette image est inspirée du tableau de Luca Giordano. Des sacs-poubelle, des détritus de

Naples jonchent ce coin de rue. L'histoire ne s'efface pas, les mythologies s'y superposent, la grecque venant s'ajouter sur la romaine puis sur la chrétienne et bientôt sur la musulmane. Des chats accourent. Le jeune homme dans le trou noir s'en moque. Naples est là, dans ce labyrinthe du temps, au fond d'une cour sans soleil, dans le tunnel des émotions.

Est-ce toi que j'aperçois dans ce tunnel, marchant en titubant comme si tu sortais d'un de ces mauvais cabarets de Casablanca ? Est-ce toi ou simplement ton image, l'image de ton image, l'ombre de ton dernier rêve ? Ernest me regarde et me dit :

– Tu as vu ce que j'ai vu ?

– Non, ce que je vois, je suis le seul à le voir.

– Mais j'ai vu une femme, de grande taille, en tout cas plus grande que moi, marchant lentement au fond d'un tunnel. Cette femme n'est pas une image. Je vais la dessiner et tu me diras si c'est bien celle à laquelle tu pensais.

Ernest sortit son grand cahier et se mit à dessiner. Je voyais petit à petit le visage de Wahida se former sous le fusain d'Ernest. Un visage sombre, triste, un regard affolé, une femme en fuite, un être qui a peur. Ernest me dit :

– Elle est en danger. Mes dessins me renseignent mieux que le téléphone. Tu devrais aller la chercher et la ramener auprès de toi.

Ernest disparut via ad Agnogne où il allait coller *La Madone au serpent*.

Je sais, je fabule, je mélange les époques, et je me moque de la concordance des temps. Tu dors et tu soupires. Tes nuits sont chargées. Tu te débats contre les fantômes, des ombres maléfiques.

Je la pris en photo. Mon somnifère commençait à faire de l'effet. Je la voyais bouger, tanguer comme si nous étions sur un bateau. Je m'endormis sur le canapé, l'appareil photo entre les mains. Le matin, elle avait disparu. Laziz me réveilla.

– Quelle nuit ! La petite m'a tué. Moi qui avais renonçé à ça, elle a su me redonner l'énergie et l'envie. Elle est très douée. Elle est partie sans même dire au revoir.

– Wahida aussi.

– Vous avez fait l'amour ?

– Non. Elle a disparu sans laisser de traces. Sais-tu où elles ont pu aller ?

– Il me semble que la petite a reconnu l'Oriental, le type qui les a vendues ici. Elles sont peut-être parties le rejoindre, soit pour lui couper la bite, soit pour travailler pour lui.

– Ce n’est pas normal !

– Ici, à Naples, le normal n’a pas le même sens qu’ailleurs. Ici, c’est toujours spécial. Elles ont un compte à régler. Elles réapparaîtront, tu verras, elles sont attachantes ces petites !

6

Je passai trois jours à flâner dans Naples. De temps en temps, je retrouvais des morceaux des dessins d'Ernest. Salita della Grotta, près de la tombe de Virgile, il ne restait de la *Femme avec le feu entre les jambes* que la tête. Le sexe et les jambes ont été arrachés par des adolescents en colère. Les empreintes gardent quelques traces. Les traces sont fragiles. Il nous reste l'effroi de l'histoire qui ne s'efface pas. La grande histoire, pas celle des empereurs, des rois et des guerres. Non, l'histoire des gens, ceux qu'on appelle « les petites gens ». À Gesù Nuovo, l'homme couché, *Pietà* a la tête posée sur une pierre. Une vieille Fiat 500 est abandonnée là, les pneus avant écrasant le coude gauche de l'homme. Il n'a plus de pieds. Ils ont été effacés par la pluie, la boue et les balayeurs. Que resterait-il de l'image de Wahida si Ernest l'avait dessinée, comme je l'avais suggéré ? Une empreinte de l'innocence salie. Un bout de corps couché à même le sol, piétiné par des pieds de toutes les tailles. Je cherchais Wahida dans les dessins d'Ernest, pas dans la foule. J'étais persuadé qu'elle faisait partie d'une de ces mythologies qu'il affectionne. Une sainte. Voilà, nous allons faire de Wahida, petite fille des bidonvilles de Casablanca, jeune prostituée des nuits casablancaises, une sainte ! Elle ne viendrait d'aucune religion. Elle serait la sainte qui a trouvé refuge dans les ruelles de Naples, venue dans cette ville pour qu'Ernest la dessine et l'affiche sur les portails des églises, sur les murs noircis et rougis par le temps, des rues étroites où des vieilles femmes en noir attendent le retour du fils disparu.

Sur un mur, comme une erreur, une affichette du Centre culturel français annonçait ma lecture de poésie, jeudi à vingt heures. Je l'avais presque oubliée. Nous étions mercredi. Il fallait me préparer, choisir les textes, répéter, choisir la musique ou bien le silence. Peut-être que Wahida lira cette affichette et viendra m'écouter. Il me revint à l'esprit une strophe d'un poème d'Apollinaire :

Ô ville comme un cœur tu es déraisonnable.
Contre ma paume j'ai senti les battements
De la ville et du cœur : de la ville imprenable
Et de mon cœur surpris de vie, énormément.

Naples me met dans cet état. Naples imprenable et déraisonnable. Naples, enveloppée dans du papier journal comme un poisson séché, sent la mer et la merde. Naples, dans mes yeux comme une poussière, un cil, un peu de brume. Je vois mal et je continue de chercher le visage grave de Wahida collé sur un mur sale entre deux églises, entre deux vendeuses de loterie.

De retour chez Laziz, je tombai de fatigue et de sommeil.

Lire de la poésie à Naples. Quelle idée ! La poésie a besoin de silence et de concentration. Naples hurle de partout comme une grande brûlée. Des sirènes d'ambulances, des voitures de police roulant à toute allure avec des gyrophares sur le toit, des vendeurs de n'importe quoi crient, des éboueurs alertent la population, des femmes se disputent de chaque côté de la rue, chacune à sa fenêtre, des enfants jouant au ballon font tomber un unijambiste, une mère appelle Sandro pour venir manger avant que les pâtes ne refroidissent, la télévision retransmet un match de foot où Naples n'est pas concernée mais les télés sont toutes allumées. Le vent s'y met aussi, apportant avec lui les rumeurs et les bruits de la mer, les murs résonnent, les pierres renvoient l'écho, Naples vit bruyamment, elle ne sait pas ce qu'est le silence, le silence doit lui faire peur, alors tout le monde crie et hurle, c'est ça la vie, la vie à Naples, et moi je suis dans ce centre culturel rendu fameux par Jean Digne, un créateur généreux, je m'apprête à lire un long poème écrit le lendemain de la guerre du Golfe. Justement, c'est la guerre de nouveau. En Irak on continue de bombarder. Mais c'est au Kosovo que les bombardements s'intensifient.

Debout, j'ai mon texte sur un pupitre éclairé. La salle est dans l'obscurité, pas un bruit parmi le public. Tout d'un coup même Naples se tait, lentement les clameurs et les bruits de tout à l'heure se sont éteints. Naples écoute. Je suis ému. Je commence en bafouillant quelques mots. Avant de lire le texte sur la guerre, je remercie les gens d'être là, et si attentifs. Des yeux, je cherche discrètement Wahida. J'aperçois Laziz entouré de deux filles. Ce sont les deux Marocaines. Wahida est habillée de blanc. J'eus alors envie de faire un préambule, pour dire comment et pourquoi j'écris de la poésie.

Quand la nuit descend comme une coulée de
[lave sur ma peau
Quand les étoiles désertent mes territoires,
Je lis de la poésie.

Quand l'obscurité se tasse au fond du puits
[dans la grande maison de l'enfance
Quand un pigeon mort de solitude me
[regarde avec effroi
J'écris de la poésie.

Quand la rue abandonne ses oripeaux et
[déchire ma chemise,
Lorsque la clameur de la foule se lève comme
[la colère du peuple dépossédé
Je vois Nazim Hikmet dans sa cellule de
[Borsa
Je lis dans son cœur l'humanité captive et
[j'entends son souffle.

Quand l'amour de la vie tombe dans une
jarre d'huile d'olive et que le souvenir s'en-
tête à dire la grâce d'un matin où tout est
[possible,

Quand le jour réclame sa part d'eau
Et que le cœur tremble
Quand la terre s'ouvre pour recevoir l'en-
[fance meurtrie
Et que des mains écorchées se souviennent du
[crime

Quand le foie des mères, arraché à la dou-
[leur, est jeté à la louve,
Je ferme les yeux et me souviens de tous les
poèmes classés dans les archives du sang.
J'en épelle les premières syllabes
J'attends le silence, écho du poème balbutié
par des mourants qu'une carriole
traîne vers le crépuscule du monde.

Je demande aux gens de ne pas applaudir et leur dis combien un silence de qualité est meilleur que des tonnes d'applaudissements. Je prends mon souffle et commence lentement la lecture du poème écrit après la guerre, pour toutes les guerres.

Quarante-deux minutes. C'est le temps d'un long poème et du silence qui l'accompagne. Dire la poésie c'est aussi la vivre, lui faire traverser le corps, la mémoire et les émotions. Parmi le public, en majorité francophone, il y avait quelques Italiens et Italiennes qui me dirent être venus pour la musique. Une femme assez âgée vint vers moi et me déclara : « J'ai envie de vous embrasser ! ». Ce qu'elle fit. Une autre, plus jeune, me demanda de lui réciter un vers ou deux en arabe. La dernière personne qui se présenta fut Wahida. Elle était superbe, changée, le regard concentré sur moi et sur le livre. Je tendis la main pour prendre son exemplaire et lui écrire un petit mot, elle le retint et le fourra dans son sac, se pencha vers moi et me dit en arabe :

– Ta signature, je la veux entre mes cuisses, sur mon pubis, il est épilé et attend que tu y graves ta dédicace. Si tu laisses ton empreinte là, je ne pourrai plus jamais ouvrir mes jambes à quelqu'un d'autre que toi.

– Avec quoi devrai-je faire la dédicace ?

– Avec ton corps.

– Si mes lèvres touchent ta peau, si ma langue caresse tes aisselles, si mes doigts effleurent ton ventre, si mes yeux scrutent tes cuisses, si mon corps se penche trop de ton côté, je serai foutu, je tomberai définitivement.

– Pourquoi utiliser le verbe tomber ? L'amour, ce n'est pas une chute, ce n'est pas une déchéance, au contraire, c'est une élévation, quelque chose de supérieur à tout... Remarque, je parle de ce que je ne connais

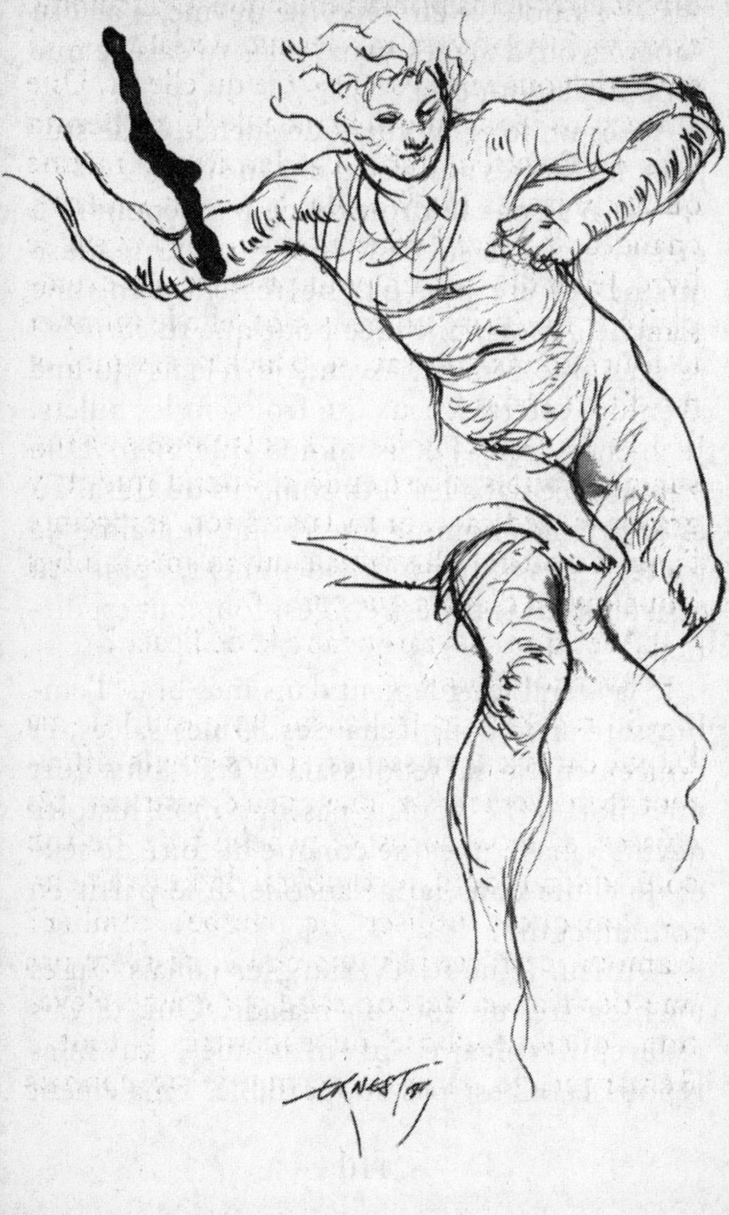

pas… l'amour, j'en rêve, je devine, j'ai cru l'apercevoir dans tes yeux, mais tu sais ce que je pense de tout cela.

Après un long moment de silence et de stupeur, les larmes aux yeux, elle me dit :

– Tu n'as pas le droit de ne pas répondre à mes avances. Je suis quoi pour toi ? Une muse qui ne respire pas, qui ne ressent rien, une planche à mots, une idée pour que tu écrives ? Je suis une femme. Avant, je n'étais qu'une aventure offerte à ceux qui froissent les billets. Je n'étais rien. J'étais moins que rien. Une erreur jetée dans les rues sombres de Casa. Tu es le premier homme que j'aime. Je t'aime de toutes mes forces. Évidemment, plus tu résistes, plus je te désire. C'est fou, tout est difficile.

Je la serrai longuement dans mes bras, l'embrassai sur le cou, léchai ses larmes salées, et doucement je la repoussai. C'était plus fort que moi. Je ne voulais pas que mon histoire devînt banale, une quelconque histoire de sexe et de chute dans la mélancolie. Elle partit en courant et dit :

– Adieu. Je ne te reverrai plus jamais. Tu es un monstre, un fou, un malade. Oui, je vais redevenir vulgaire, tu m'as niée, tu m'as repoussée. C'est pas supportable. Finalement tu n'es pas mieux que les autres. Tu vis avec les mots. Tu couches avec les mots. Mais ton corps c'est du papier, tu le sais, mais moi j'ai besoin d'un homme, pas d'une ombre flottant entre la poésie et la peinture, dans l'indécision vague.

Elle disparut dans la nuit, blanche comme une colombe, un rêve en colère, une femme désespérée, et moi, j'étais là, sans force, sans mots, sans gestes pour la retenir. Il fallait lui proposer quelque chose, pas un thé l'après-midi à la terrasse d'un café napolitain. Non, elle méritait mieux et plus : vivre avec elle, la prendre et ne plus la lâcher, ne plus la laisser partir, ne plus la laisser entre d'autres mains, dans d'autres bras. Mais moi, je suis un solitaire. Je ne me suis jamais résolu au mariage. Je vis seul. J'aime la solitude. J'en ai besoin pour vivre, pour écrire, pour peindre. Wahida demandait beaucoup. C'était normal, une femme qui a tant souffert ne pouvait pas être moins exigeante. Mais que pouvais-je lui offrir ? Ma vie ? Pas drôle. Je suis un homme trop sensible pour m'impliquer dans la vie des autres. Je suis victime de mes émotions. Je ne peux pas faire autrement. Wahida partit et me laissa désemparé. Un ratage. Plutôt une cohérence. J'avais essayé de lui manifester plus que du désir, de l'amour pur, sans sexe, car elle avait été trop souillée. J'avais tenté de lui montrer l'autre face de la nuit, celle des rêves, des couleurs et de la tendresse. Elle réclamait plus, mais je n'étais pas disponible, je ne suis jamais disponible. Je ne vis pas. Je plane au-dessus des choses. C'est mon travers, ma hantise, mon mauvais génie.

Je rentrai à pied chez Laziz, espérant secrètement y retrouver Wahida. Elle n'y était pas. Laziz était seul, il regardait la télévision. Il ne bougea pas. Je lui demandai s'il savait où étaient les filles. Il se tourna vers moi.

– Les filles, c'est fini. La mafia les a reprises. En tout cas je crois, parce que je les ai vues monter dans une Mercedes noire. C'est la voiture de la mafia albanaise. Là, on a affaire à des truands sans scrupule. Ils tuent avec une facilité déconcertante. C'est cela, le résultat des dictatures communistes. Nous sommes dans la merde. Naples a mis des décennies pour apprendre à vivre avec la Camorra. À présent il lui faut apprendre à ruser avec la mafia albanaise. Bon, c'est ta faute. Si tu avais eu un geste, Wahida ne se serait pas jetée dans les bras de ces criminels. Je ne cherche pas à te rendre responsable, mais nous n'avons pas été assez prudents. Il fallait les prendre et les planquer durant un mois ou deux. Maintenant, ce n'est pas avec Mimo le pirate, le petit boxeur à la retraite, qu'on va devoir négocier, si du moins une négociation est possible. Sache qu'une pute nigériane vaut aujourd'hui la somme de soixante millions de lires si tu veux acheter sa liberté. Je le sais par une association caritative catholique qui est en contact avec le milieu des proxénètes où Albanais et Italiens se partagent le marché.

Le ciel de Naples était sombre. Ma salive était rare, mon regard trouble, et ma tête lourde. J'eus l'intuition assez forte que c'était terminé. Mon histoire avait trouvé une mauvaise fin. Je ne pouvais pas rester sur un tel échec. Mais pourquoi parler d'échec ? Depuis le début, l'histoire de Wahida et Sakina était vouée au mélodrame noir et lugubre. Je pensais qu'avec la poésie j'allais les sauver. Wahida avait compris, et avait manifesté son grand espoir. Je l'ai aimée sans la toucher, sans la bousculer. Je tenais à lui prouver que mes intentions n'avaient rien à voir avec celles des autres hommes. Et après ? Me voilà dans l'impasse. Cette histoire ne pouvait se dérouler que dans un décor de théâtre en ruine, abandonné depuis longtemps. Naples m'apparut à ce moment-là comme une immense scène où rien ne tenait en place. Je voyais les arbres se déplacer, les immeubles se pencher puis se relever comme dans un cauchemar, je voyais les gens ramper sur les trottoirs, d'autres s'accrocher aux poteaux, d'autres enfin se laisser mourir sur la jetée. Naples n'était plus dans Naples. J'eus l'idée d'aller de l'autre côté, à Capri par exemple, pour l'observer avec des jumelles. Tout était amer. Laziz était effondré. Sa mère n'allait pas bien. Il prévoyait de rentrer à Casablanca. J'allais me retrouver seul dans cette cité hostile. Il fallait partir, la quitter, changer de lieu et d'humeur. J'étais amoureux. C'est curieux de parler d'amour en cas de souffrance, d'absence et de solitude. Mais étais-je amoureux de Wahida ou de la femme, de toutes les femmes ? Je n'avais éprouvé de tels sentiments depuis des années. Aimer doucement, comme si on passait d'un rêve à un autre rêve, attendre la naissance du désir, le voir grandir, lui résister, puis succomber. Je voulais vivre une histoire aussi complexe, aussi folle que la ville. Si j'avais rencontré Wahida à Casablanca, dans le hall d'un grand hôtel ou sur la banquette d'un bar du port, je l'aurais choisie pour une nuit puis, le matin, comme la plupart de ces hommes de passage, j'aurais glissé dans son sac

quelques billets de cent dirhams et je ne l'aurais jamais revue. Mais cela, je ne l'avais pas fait. Naples m'a incité à aller à contre-courant des événements habituels.

Le lendemain, je partis à Ravello. Je pris une chambre donnant sur le golfe de Salerne. Elle avait quelque chose de particulier : partout du marbre, du marbre bleu comme si la mer et le ciel limpide s'y reflétaient. J'aimais la solitude. Je ne sortais pas, ou presque pas, de la chambre. Je regardais la mer, puis observais le sol et son marbre bleu. Je me mis alors à écrire à Wahida, un exorcisme, pour chasser de mon esprit sa présence, son image, sa voix. Je n'écrivais pas cette lettre pour lui envoyer, juste pour mettre dans les mots une volonté mal assurée, un dépit amoureux qui me paraissait de plus en plus stupide.

Chère Wahida,

Mon amie, mon inconnue, mon image sur fond blanc d'insomnie, Wahida disparue, toi que j'ai laissée partir, toi que je n'ai pas su retenir, je sais, je n'ai même pas fait un geste, je pense à toi en ce lieu où je croyais pouvoir t'oublier, oublier cette histoire étrange où nous avons été des pantins dans une ville qui ne pardonne pas aux hommes qui n'osent pas aimer, je suis là, face à la mer lointaine, fixant le sol où j'essaie de lire l'histoire d'un amour impossible.

Si cette lettre te parvient un jour, sache que je serai toujours là pour parler et rire avec toi, pour boire le matin un café frappé et le soir un vin rouge. J'aimais quand ton doigt ramassait la mousse au bord du verre et que tu l'avalais voluptueusement, les yeux souriants, et tu me disais « la mousse tiède me rappelle le lait des hommes ». Je baissais les yeux et tu poursuivais en citant les quarante noms que la langue arabe donne au sexe de la femme.

Plus je regarde le sol, plus je pense à mon histoire. Elle pourrait s'écrire ainsi : « C'est l'histoire d'un marbre bleu, bleu comme le souvenir, hachuré par du vert comme le remords ou du blanc perdu. Du marbre dessinant les figures du secret, retenant les pas égarés, leurs larmes et leurs rires. Une empreinte a été taillée dans la roche par des mains émues. C'est un miroir où les yeux sont pris de vertige, s'éloignent puis se ferment pour dévisager les absents. C'est une faune obscure d'êtres atteints du sommeil paisible, couchés dans une terre humide, immobiles et éternels, nourrissant de leurs brûlures la roche ocre qui perd le rouge et le sable pour se cristalliser dans le souvenir de la mer. Une mer sans vagues, sans écume, mais toute bleue avec des reflets verts. C'est le vent du nord qui a soulevé la poussière et quelques déchets pour donner du bleu à cette roche marine, rare et simplement magique. »

Notre histoire a quelque chose de rare et aurait pu être magique. Mais elle est arrivée au moment où j'avais décidé de profiter de Naples et de ce voyage pour repenser ma vie, prendre un temps d'arrêt où même le temps se serait plié à mon désir.

Tu sais, Wahida, je suis un vieux monsieur qui a vécu et qui ne sait pas grand-chose de la vie. J'écris de la poésie pour éloigner les fantômes des âmes perdues, l'image des amis partis trop tôt, le visage de ma mère qui a tant prié pour moi. Alors, quand tu es arrivée comme un printemps tardif, une saison de bonheur, je compris tout de suite qu'il fallait non pas détourner la tête, mais t'aimer sans drame, légèrement, avec la délicatesse de l'âge. Difficile à admettre pour une jeune femme comme toi, ballottée d'une nuit à l'autre sans voir la lumière du matin, une femme de ce Maroc qui fait mal, un pays qui a laissé une partie de sa jeunesse livrée à elle-même. Tu es de ce Maroc, plus précisément des quartiers pauvres à la périphérie de Casablanca, tu es de cette génération qui veut tout et qui est tombée dans le piège du cul et du fric. Je m'emporte. Mais ce n'est pas toi que je blâmerai. Pour revenir à notre rencontre, je constate avec le temps que ce fut la colère qui accompagna notre histoire. Naples a toujours été une ville où se déchaînent des colères fouettant les regards tranquilles, imposant de verser l'eau dans l'eau, offrant aux hommes des nuits lourdes de réveils fiévreux. Nos nuits ont été longues et nos corps tenus à distance.

Je ne sais pas pourquoi ce marbre bleu me fascine tant. J'imagine qu'il est arrivé sur de grands vaisseaux pour être l'image inversée du ciel, le reflet tremblant de la mer. Cette onde d'azur mêlée aux cristaux de sel est une longue et langoureuse nuit d'amour, une nuit où les regards se frôlent sans faire de bruit, où les saveurs des corps huilés par l'ivresse enchantent les phalènes aux ailes délicates.

Cette nuit-là, je l'ai vécue, il y a longtemps. J'étais jeune et insouciant, fou d'amour pour une gazelle, impatient de tout lui donner. Elle avait vingt-deux ans, criait partout que c'était le plus bel âge de la vie. J'avais une bonne dizaine d'années de plus qu'elle. Je lui parlais d'amour, elle voulait le mariage. Je lui disais :

« Cela n'a rien à voir. » Elle se mettait à pleurer, je la consolais en lui disant : « Nous aurons plusieurs enfants. » Elle éclatait de rire. Il lui arrivait de courir dans des sentiers étroits et accidentés; elle revenait à l'hôtel essoufflée, quelques égratignures sur les genoux. J'aimais les soigner. J'aimais avoir entre les mains ses jambes fines et douces. Elle disait être un oiseau promis aux cieux, une part de vent, un souffle, une brise d'automne, un amour tout de folie.

Nous avions fait l'amour sur ce marbre bleu et j'avais l'impression que nous étions sur la mer, portés par des vagues. Je sais que les lignes de ce marbre sur lequel glisse le crépuscule sont la figure cachée de l'amour. Qui racontera cette histoire foudroyée ? Qui lira les lignes croisées de la figure où brûlent les jours d'un si grand amour ? Amour défunt, car la gazelle fut emportée par les anges de la mort, venus jusqu'à Ravello la prendre comme si elle leur avait fixé rendez-vous dans ce lieu. Depuis cette nuit du 24 avril 1967, je reviens en pèlerinage dans cet hôtel et je prie pour son âme, je prie pour toutes les âmes perdues, parties vite et sans amour. Alors tu sais que ce marbre bleu est chargé de larmes.

Ma chère Wahida,

Il est des lieux faits pour nous poursuivre, pour habiter nos pensées. Leurs images se mêlent à d'autres lieux, et entretiennent un désordre bien commode. Comment ne pas soustraire à ce désordre la petite maison sur le rocher qui avance vers la mer ? La maison du jardinier, ou plutôt du maçon, celui qui a porté sur son dos le marbre bleu. Maison penchée sur les vaguelettes, tel un balcon sur la mer, maison d'hôte où viennent rêver les voleurs de temps.

On y accède par un chemin discret. Les murs sont nus. Sur le sol, un tapis élimé couvrant une belle dalle de ce fameux marbre. Il faut retirer ce tapis pour faire l'amour. Il faut que la peau nue reçoive le froid du marbre, qu'elle tressaille et qu'elle soit prise par le bras du désir. Ce lieu est destiné au souvenir qui raconte, qui se raconte. Il arrive que des barques ralentissent juste en face de la fenêtre centrale. Des pêcheurs se penchent en avant en signe de reconnaissance, car la légende dit que l'âme du noyé habite la maison. Pour moi ce n'est pas une légende, c'est vrai. Quand je suis ici, je me concentre et j'entends, trente ans après le drame, des gémissements légers, les cris de quelqu'un qui étouffe et que la mer happe pour le mener au fond de l'océan.

Quand j'arrive à Ravello, les gens se parlent à l'oreille. Ils doivent se dire : «Le voilà, le fiancé de la noyée, fidèle à son souvenir...» On me prépare ma chambre, notre chambre, j'y fais mes prières, je lis quelques poèmes puis je descends à la maison du pêcheur. Là, j'écoute la mer et j'écris. J'écoute les plaintes de l'âme perdue et j'écris. Pour cela, j'ai besoin de solitude.

Comme avant, je fais le rêve de l'amour : ouvrir les fenêtres et observer ce qui scintille à la surface de l'eau, les caresses de la lune sur les humeurs de la brise, entendre le bruit du citronnier secoué par le vent, repérer un gros citron à la peau épaisse et attendre qu'il mûrisse. Car la petite maison est située dans le pays du citron et de l'orange amère. Fruits étranges, souvent lourds, aux formes fantaisistes et à l'écorce cabossée, gangrenée mais peinte d'un jaune clair rare.

Chère Wahida,

Je ne t'apprendrai peut-être rien en te disant que l'amour a besoin de s'enrouler dans les parfums qui passent par les lieux de sa naissance. C'est souvent un jardin, une prairie ou toute la mer qui chantent et disent la rencontre. On s'attache à quelques objets, des fruits, un instant, une route ou une plaine qui n'en finissent pas. Pour toi, c'est une ruelle dans le vieux Naples, dans cette médina qui aurait pu se trouver au Maroc. Naples est faite pour tromper l'ennemi, pour le perdre, pour lui faire regretter de s'être laissé aventurer dans son ventre. Toi, tu n'as pas choisi ces rues sombres et étroites. C'est un coup du destin. Une histoire banale qu'on appelait dans le temps la « traite des Blanches ». Aujourd'hui on réduit à l'esclavage des filles d'Afrique et du Maghreb. Parlera-t-on de « la traite des brunes ou des Noires » ? Non, tout se fait dans l'indifférence générale. Le Maroc avait ouvert ses portes à certains hommes des pays du Golfe, de faux riches, de faux princes, de vrais salauds, de vrais déchets. Ils ont souillé le pays et ses familles. Peu de résistance, peu ou pas de révolte. Nous avons tous été dupés par cette vague orientale. Nous sommes responsables des dégâts qu'elle a commis. Naples est une étape dans cette histoire. À présent où es-tu ? Qui te vend ? Qui t'achète ? Qui s'effondre sur tes cuisses si fines, si belles ? Penses-tu à moi, à notre drôle d'histoire ?

Longtemps j'ai cru que seules comptent les

images qui s'entassent dans le grenier ou le sous-sol des vieilles demeures de Marrakech ou de Fès, là où des sacs de provisions pour l'hiver étaient soigneusement rangés, là où des adolescents se cachaient pour recueillir dans un bocal en verre le sperme de leurs premières éjaculations. Ces images, déposées dans de grandes jarres, nous poursuivent jusqu'au jour où elles s'abîment et se ternissent. C'est ainsi que Naples s'est glissée dans une de ces jarres, qu'elle est devenue une histoire qui se raconte par une nuit froide et longue, à Ravello, face à la vallée du Dragone. Naples, que le besoin de poésie, de folie et de fantaisie devrait un jour annexer au Maroc. Sans drame, sans cris, juste une plaisanterie puisqu'elle nous prend bien nos plus belles filles, nos filles jetées dans le labyrinthe du sexe. Naples est rêvée en nous par le silence des images dans le dépôt des choses obscures. Comprendre ! Il faut y renoncer. Le corps est amour. Le corps est souffrance. Le corps est Naples, rendu à lui-même pour qu'il se raconte, pour qu'il délivre ses secrets, pour qu'il dise où des filles comme toi se perdent.

Je sais, même nue, ta peau est vêtue de désir. Plus que vêtue, elle est vivante de plaisir, dans le vertige de l'amour. Et le corps se met à raconter l'histoire d'une douleur, brûlure de passion. Le corps, mon corps, se lamente, se couche dans les larmes et se confie aux mots ciselés par l'insomnie. Ce sont des mots étranges, s'accordant mal entre eux, tissant une toile au fond des yeux, heurtant les mains délicates de l'aimée puis disparaissant sous un coup de vent, avant que le jour ne se lève, avant que le miroir ne trahisse les dérives de la très longue nuit.

C'est en pensant à toi, en revenant sur les lieux d'un amour défunt que j'imagine le corps de Naples rêvé par l'amour. On l'a tellement dit pour Venise. Mais Naples est un rêve que la nuit a avalé, elle en fait un emblème, une image mouvante, une ombre changeante. Derrière les yeux de Naples, il y a une montagne, une route étroite bordée de citronniers et une mer qui somnole et berce le silence de la petite maison. Corps inquiet, refusant de tomber dans le ravin du sommeil, résistant à l'appel des bras qui s'agitent au fond du grand gouffre. Tomber. Se laisser choir comme un fruit lourd, desserrer les mâchoires, repousser les griffes du jour pour enfin se donner à l'amour creusant lentement un chemin, une rigole par où passera notre histoire.

Chère Wahida,

Depuis que je m'adresse à toi, je te vois vivante, et même heureuse. Je te sens là, derrière la porte. Il suffit que tu la pousses et que tu viennes dans mes bras comme au temps de l'innocence, au temps où l'amour était possible. Ne m'en veux pas si je confonds ton image et celle de Gazelle. Dès que je t'ai vue j'eus un pressentiment, une espèce d'intuition forte qui allait me ramener en arrière, dans le passé lointain, en ce jour d'avril 1967. Il y a certes une ressemblance, mais il y a plus qu'une ressemblance : depuis sa mort je la vois tout le temps; à présent, je crois la voir en voyant d'autres filles. Wahida, je ne pouvais pas t'aimer de peur de n'aimer en toi que le fantôme de cet amour tragique. Que m'importe que ton corps se donne pour de l'argent. Je sais que ce n'est pas toi qui te vends. Je sais que tu portes en toi l'âme d'une autre, celle que j'ai aimée passionnément. Il a fallu que je me retire dans cette chambre à Ravello, que j'observe longuement le marbre bleu pour que l'évidence me bouscule.

Tu sais, le marbre a bougé. On a repéré une petite faille entre le blanc et le gris. La poussière de Pâques s'y est déposée. Sur la vitre, l'ombre tremblante des feuilles écrit quelque chose. Ce sont des taches qui s'élargissent sur le marbre qui n'est plus un miroir. Il est à présent éteint. Les pieds qui le foulent ignorent tout de cette histoire. Les taches sont des figures mobiles, pas même un visage ou une ombre, juste une impression de fin de journée.

Un long chemin bordé d'arbres part du regard. On dit que la sève est leur émotion.

Wahida, je suis le chemin de l'arbre. Tu es la sève et l'émotion. Grâce à toi, le marbre n'est plus ma mémoire blessée. Je retrouve la paix. Comme dans un conte où tout est possible, comme dans un récit où tout est inventé, mes pieds ne reconnaissent plus les brisures et les failles de ce marbre. Mes mains ont froissé la soie de l'illusion, et jeté des poignées d'eau fraîche sur les corps assoupis sous l'arbre centenaire où chaque branche est une histoire contée par le vent aux oiseaux qui n'ont plus le désir de chanter.

Je retourne à Naples. Adieu Ravello. Le passé n'habite plus chez moi. Je m'en vais te chercher.

7

Muni de cinq photos que j'avais prises de Wahida, j'appelai Ernest Pignon-Ernest.

– J'ai besoin de toi. C'est urgent. Je suis à Naples et je voudrais que tu m'aides à retrouver une femme.

– Je pourrais te poser beaucoup de questions, mais je n'en ferai rien. Une femme perdue à Naples ! Encore une ! J'arrive. Cependant, tu sais bien que j'ai besoin de m'informer, d'accumuler et d'assimiler tout ce que je peux savoir sur le sujet. Il se trouve que j'ai déjà travaillé sur l'image des femmes à Naples. Cette ville a une grande propension à vénérer les femmes. Dans ton cas, je devine que c'est une déclaration d'amour que je suis chargé d'exécuter. Pour ça, je suis ton ami et ton homme. Comme toi, comme Naples, je vénère les femmes de Naples et d'ailleurs. Elles sont énigmatiques et passent de la Vénus amante et rebelle à la veuve en noir, gardienne d'église.

Je ne fus pas étonné par la réaction si prompte d'Ernest. Un artiste sent les choses, on n'a pas besoin de lui faire un dessin. En revanche, lui pourrait m'en faire un. Je lui donnai les photos ; il les examina, les regarda à l'envers puis me dit :

– C'est une madone éplorée. Elle me rappelle *La Mort de la Vierge* de Caravage. Je l'ai dessinée et pourrais peut-être l'utiliser, mais laisse-moi quelques jours.

Il réexamina les photos, sourit et me dit :

– Mais cette fille, je la connais... enfin, je crois. C'est Nadia, la fille de Kateb Yacine, le grand Kateb... je l'ai dessinée, il y a de ça une dizaine d'années. Non, évidemment, ce n'est pas elle. Ton amie est plus jeune. Il y a une forte ressemblance. Normale, ce sont des Maghrébines. J'ai été amoureux fou de Nadia, en secret. Je ne lui ai rien dit. Elle posait pour moi. Je l'aimais et ne l'ai jamais touchée. C'est curieux comme attitude. J'ai gardé d'elle un souvenir très vif, justement parce qu'elle n'a pas su que je l'aimais. C'était platonique...

Un soir, il arriva chez Laziz, un rouleau de papier sous le bras, et me demanda de lui trouver un escabeau.

– Opération affichage ! j'ai de la colle, il ne manque plus qu'un escabeau.

Wahida était étendue sur un lit, ses mains tirant vers elle un drap, le visage souriant. Un autre dessin la montrait assise sur un canapé, fumant une cigarette, les cheveux lâchés. Un troisième était inspiré d'un tableau de Delacroix qui représente Marianne levant le drapeau et entraînant derrière elle la foule des révolutionnaires. Wahida à la tête d'une rébellion ! C'était bien vu. De ces trois dessins, il avait tiré une cinquantaine de sérigraphies. Nous voilà, la nuit, dans les ruelles de Naples en train de coller les images de Wahida. Sur certaines, j'écrivis en arabe ces mots : « Reviens, Wahida ! »

Tout en marchant, il me disait :

– Tu sais, ton histoire, c'est une fiction, n'est-ce pas ?

– À présent elle l'est, puisqu'elle est arrivée jusqu'à toi.

– Mes images interrogent les différents mythes qui ont bâti Naples. Cette ville ne serait rien sans ses mythes et légendes. Mes images traitent de nos origines, de la femme, des rites de mort que sécrète cette ville coincée entre le Vésuve et les terres en ébullition de la Solfatare sous laquelle Virgile, déjà, situait les Enfers.

– Mais cette femme, Wahida, n'a rien à voir avec la mythologie !

– Je sais, mais dès le moment où tu l'as fait entrer dans une fiction et où tu m'as demandé de la dessiner, elle n'est plus cette jeune personne que tu as rencontrée un soir et qui a disparu. Elle va à présent appartenir à la pierre de Naples. Je connais les murs de cette ville, leur texture, leurs plis. Je les ai caressés. C'est en collant des images, la nuit, que j'ai eu le sentiment de connaître Naples, de faire partie de son intimité.

– Que prévois-tu après cet affichage ? Qu'est-ce qui va se passer ?

– Impossible de savoir. Cela va dépendre de la puissance de l'image et du lieu où elle sera collée. C'est la première fois que j'interviens sur des faits récents. Mais dis-moi, c'est une histoire d'amour pas banale ?

– Tu sais, l'amour à mon âge...

– Pourquoi parles-tu d'âge ? Les poètes ne vieillissent jamais.

– Oui, mais leur corps ne répond plus à leurs émotions.

– C'est dommage qu'on ne se voie pas la

veille de Pâques. Naples change du tout au tout pendant les jours de Pâques. Je me souviens d'avoir collé l'image d'un corps dans le soupirail durant les nuits de jeudi et vendredi saints. L'importance de cette période, tout ce qu'elle signifie à Naples, influence évidemment la rencontre. Les gens vont peut-être s'arrêter devant le portrait de Wahida et faire des commentaires. Toi, tu espères que quelqu'un la reconnaisse et la fasse venir à son image pour qu'elle comprenne combien tu l'aimes...

– C'est un message que je voudrais lancer, une sorte de bouteille à la mer...

– Ce sera mieux et certainement plus efficace. Allons-y, on commence par vico San Agostino.

– Là, on la colle sur ce vieux portail. Elle sera bien visible. On dirait qu'elle sort d'un palais.

Après, nous passâmes via dei Tribunali, où nous fûmes suivis par un chien perdu. J'eus peur un moment, mais il était inoffensif, malheureux et pathétique. Ernest me dit : « Ce n'est pas une ville pour les chiens, c'est plutôt une ville pour les chats ». Via San Giovanni Maggiore Pignatelli des policiers nous arrêtèrent, pensant que nous étions des militants colleurs d'affiches de propagande. Lorsqu'ils

éclairèrent le visage d'Ernest, ils nous saluèrent et nous proposèrent de nous accompagner pour nous protéger d'une éventuelle agression. L'un des agents connaissait le travail d'Ernest. Pour lui, cet artiste français était un amoureux de Naples et pensait que cette nuit la jeune femme dessinée n'était autre que l'image de Naples, métaphore de l'amour fou. Ernest connaissait le moindre recoin de Spaccanapoli, parlait de ses collages de l'année passée, se souvenant de la réaction des vieilles femmes et des gamins, rapportant des anecdotes drôles sur les malentendus que son travail de peintre suscitait chez les gens du peuple. Il aimait me montrer des morceaux de ses dessins qui ont résisté à l'arrachage et à la pluie. Il me dit : « Là, c'était la *Crucifixion et suaire de Turin*, dessin collé largo Madonna della Grazie en octobre 1995. Là, c'était *Santa Agata* inspirée de Guarino, collé vico San Gaudioso, la même nuit. C'est une partie de moi-même. Ma mémoire d'artiste est éparpillée un peu partout dans le vieux centre de Naples. C'est une ville qui m'a habité. Pour la connaître, je n'avais que le dessin. Plus je dessinais et collais sur ses murs, mieux je la connaissais et l'aimais. Aujourd'hui, c'est une commande d'un genre spécial.

J'espère que la magie va opérer et que ta bien-aimée va refaire surface.»

Wahida n'apparut pas. Ernest était rentré à Nice où il travaillait, Laziz était au chevet de sa mère malade, et moi j'attendais un miracle. L'image de la gazelle défunte fut définitivement rejointe par celle de Wahida. Trente ans les séparaient mais le même destin les réunissait.

Je passais des journées entières à circuler dans le vieux Naples, scrutant les affiches et les regards qui s'y attardaient. À Santa Sofia dei Bianchi, là où Ernest avait collé en 1990 *Les Âmes du Purgatoire* sous une fenêtre en forme de cœur inversé, derrière deux grilles, il y avait une image de Wahida que je ne connaissais pas. Probablement une imitation du travail d'Ernest. Wahida était dans les cieux, tel un ange essayant de sauver des hommes qui lui tendaient les bras. Son visage était assez bien dessiné. Tout en bas du dessin, cette phrase en arabe : «*Inna lilhoubbi wa inna ilayhirâji'oun*» («Nous sommes à l'amour, et à lui nous retournons.») C'est la formule que les musulmans utilisent pour enterrer leurs morts, sauf qu'à la place de l'amour ils disent Allah.

Le lendemain, je quittai Naples, le cœur

serré, avec l'impression très forte que je revivais une situation identique à celle d'avril 1967. L'éternel retour n'était pas une image dans un livre, c'était le miroir, le vieux miroir qui me renvoyait mon portrait rajeuni de quelques décennies. Le jeune homme que j'étais ne s'était pas débarrassé de ce miroir acheté à Spaccanapoli, un matin de pluie, quelques jours avant le drame de Ravello. Je me souviens de Gazelle s'emparant du miroir, déjà ancien, et riant aux éclats : « C'est un miroir magique, il ne montre que la jeunesse de l'amour, il ne faut pas le perdre, quand tu seras vieux, tu l'utiliseras pour te rappeler tes beaux jours, nos belles nuits, mon amour ! »

À présent, c'était la voix de Wahida que j'entendais me dire la même phrase.

DU MÊME AUTEUR

Harrouda
roman
Denoël, « Les lettres nouvelles », 1973
« Relire », 1977
« Médianes », 1982

La Réclusion solitaire
roman
Denoël, « Les lettres nouvelles », 1976
Seuil, « Points », n° P161

Les amandiers sont morts de leurs blessures
poèmes
prix de l'Amitié franco-arabe, 1976
Maspero, « Voix », 1976
Seuil, « Points », n° P543

La Mémoire future
Anthologie de la nouvelle poésie du Maroc
Maspero, « Voix », 1976 (épuisé)

La Plus Haute des solitudes
essai
Seuil, « Combats », 1977
et « Points », n° P377

Moha le fou, Moha le sage
roman
prix des Bibliothécaires de France
et de Radio Monte-Carlo, 1979
Seuil, 1978
et « Points », n° P358

À l'insu du souvenir
poèmes
Maspero, « Voix », 1980

La Prière de l'absent
roman
Seuil, 1981
et « Points », n° P376

L'Écrivain public
récit
Seuil, 1983
et « Points », n° P428

Hospitalité française
Seuil, « L'histoire immédiate », 1984 et 1997 (nouvelle édition)
et « Points Actuels », n° A65

La Fiancée de l'eau
théâtre, suivi de
Entretiens avec M. Saïd Hammadi, ouvrier algérien
Actes Sud, 1984

L'Enfant de sable
roman
Seuil, 1985
et « Points », n° P7

La Nuit sacrée
roman
prix Goncourt
Seuil, 1987
et « Points », n° P113

Jour de silence à Tanger
récit
Seuil, 1990
et « Points », n° P160

Les Yeux baissés
roman
Seuil, 1991
et « Points », n° P359

Alberto Giacometti
Flohic, 1991

La Remontée des cendres
suivi de
Non identifiés
poèmes
Édition bilingue,
version arabe de Kadhim Jihad,
Seuil, 1991
et « Points », n° P544

L'Ange aveugle
nouvelles
Seuil, 1992
et « Points », n° P64

L'Homme rompu
roman
Seuil, 1994
et « Points », n° P116

La Soudure fraternelle
Arléa, 1994

Poésie complète
Seuil, 1995

Le premier amour est toujours le dernier
nouvelles
Seuil, 1995
et « Points », n° P278

Les Raisins de la galère
roman
Fayard, « Libres », 1996

La Nuit de l'erreur
Seuil, 1997
et « Points », n° P541

Le Racisme expliqué à ma fille
document
Seuil, 1998
nouvelle édition, 1999

L'Auberge des pauvres
Seuil, 1999
et « Points », n° P746

Cette aveuglante absence de lumière
roman
Seuil, 2001

IMPRESSION : NORMANDIE ROTO IMPRESSION, À LONRAI
DÉPOT LÉGAL : FÉVRIER 2001. N° 40746 (00-3111)

Collection Points

DERNIERS TITRES PARUS

P585. L'Histoire des rêves danois, *par Peter Høeg*
P586. La Musique du diable, *par Walter Mosley*
P587. Amour, Poésie, Sagesse, *par Edgar Morin*
P588. L'Enfant de l'absente, *par Thierry Jonquet*
P589. Madrapour, *par Robert Merle*
P590. La Gloire de Dina, *par Michel del Castillo*
P591. Une femme en soi, *par Michel del Castillo*
P592. Mémoires d'un nomade, *par Paul Bowles*
P593. L'Affreux Pastis de la rue des Merles
par Carlo Emilio Gadda
P594. En sortant de l'école, *par Michèle Gazier*
P595. Lorsque l'enfant paraît, t. 1, *par Françoise Dolto*
P596. Lorsque l'enfant paraît, t. 2, *par Françoise Dolto*
P597. Lorsque l'enfant paraît, t. 3, *par Françoise Dolto*
P598. La Déclaration, *par Lydie Salvayre*
P599. La Havane pour un infant défunt
par Guillermo Cabrera Infante
P600. Enfances, *par Françoise Dolto*
P601. Le Golfe des peines, *par Francisco Coloane*
P602. Le Perchoir du perroquet, *par Michel Rio*
P603. Mélancolie Nord, *par Michel Rio*
P604. Paradiso, *par José Lezama Lima*
P605. Le Jeu des décapitations, *par José Lezama Lima*
P606. Bloody Shame, *par Carolina Garcia-Aguilera*
P607. Besoin de mer, *par Hervé Hamon*
P608. Une vie de chien, *par Peter Mayle*
P609. La Tête perdue de Damasceno Monteiro, *par Antonio Tabbuchi*
P610. Le Dernier des Savage, *par Jay McInerney*
P611. Un enfant de Dieu, *par Cormac McCarthy*
P612. Explication des oiseaux, *par António Lobo Antunes*
P613. Le Siècle des intellectuels, *par Michel Winock*
P614. Le Colleur d'affiches, *par Michel del Castillo*
P615. L'Enfant chargé de songes, *par Anne Hébert*
P616. Une saison chez Lacan, *par Pierre Rey*
P617. Les Quatre Fils du Dr March, *par Brigitte Aubert*
P618. Un Vénitien anonyme, *par Donna Leon*
P619. Histoire du siège de Lisbonne, *par José Saramago*
P620. Le Tyran éternel, *par Patrick Grainville*
P621. Merle, *par Anne-Marie Garat*
P622. Rendez-vous d'amour dans un pays en guerre
par Luis Sepúlveda

P623. Marie d'Égypte, *par Jacques Lacarrière*
P624. Les Mystères du Sacré-Cœur, *par Catherine Guigon*
P625. Armadillo, *par William Boyd*
P626. Pavots brûlants, *par Reggie Nadelson*
P627. Dogfish, *par Susan Geason*
P628. Tous les soleils, *par Bertrand Visage*
P629. Petit Louis, dit XIV. L'enfance du Roi-Soleil
par Claude Duneton
P630. Poisson-chat, *par Jerome Charyn*
P631. Les Seigneurs du crime, *par Jean Ziegler*
P632. Louise, *par Didier Decoin*
P633. Rouge c'est la vie, *par Thierry Jonquet*
P634. Le Mystère de la patience, *par Jostein Gaarder*
P635. Un rire inexplicable, *par Alice Thomas Ellis*
P636. La Clinique, *par Jonathan Kellerman*
P637. Speed Queen, *par Stewart O'Nan*
P638. Égypte, passion française, *par Robert Solé*
P639. Un regrettable accident, *par Jean-Paul Nozière*
P640. Nursery Rhyme, *par Joseph Bialot*
P641. Pologne, *par James A. Michener*
P642. Patty Diphusa, *par Pedro Almodóvar*
P643. Une place pour le père, *par Aldo Naouri*
P644. La Chambre de Barbe-bleue, *par Thierry Gandillot*
P645. L'Épervier de Belsunce, *par Robert Deleuse*
P646. Le Cadavre dans la Rolls, *par Michael Connelly*
P647. Transfixions, *par Brigitte Aubert*
P648. La Spinoza connection, *par Lawrence Block*
P649. Le Cauchemar, *par Alexandra Marinina*
P650. Les Crimes de la rue Jacob, *ouvrage collectif*
P651. Bloody Secrets, *par Carolina Garcia-Aguilera*
P652. La Femme du dimanche
par Carlo Fruttero et Franco Lucentini
P653. Le Jour de l'enfant tueur, *par Pierre Pelot*
P654. Le Chamane du Bout-du-monde, *par Jean Courtin*
P655. Naissance à l'aube, *par Driss Chraïbi*
P656. Une enquête au pays, *par Driss Chraïbi*
P657. L'Île enchantée, *par Eduardo Mendoza*
P658. Une comédie légère, *par Eduardo Mendoza*
P659. Le Jardin de ciment, *par Ian McEwan*
P660. Nu couché, *par Dan Franck*
P661. Premier Regard, *par Oliver Sacks*
P662. Une autre histoire de la littérature française, tome 1,
par Jean d'Ormesson
P663. Une autre histoire de la littérature française, tome 2,
par Jean d'Ormesson
P664. Les Deux Léopards, *par Jacques-Pierre Amette*

P665. Evaristo Carriego, *par Jorge Luis Borges*
P666. Les Jungles pensives, *par Michel Rio*
P667. Pleine Lune, *par Antonio Muñoz Molina*
P668. La Tyrannie du plaisir, *par Jean-Claude Guillebaud*
P669. Le Concierge, *par Herbert Lieberman*
P670. Bogart et Moi, *par Jean-Paul Nozière*
P671. Une affaire pas très catholique, *par Roger Martin*
P672. Elle et Lui, *par George Sand*
P673. Histoires d'une femme sans histoire, *par Michèle Gazier*
P674. Le Cimetière des fous, *par Dan Franck*
P675. Les Calendes grecques, *par Dan Franck*
P676. Mon idée du plaisir, *par Will Self*
P677. Mémorial de Sainte-Hélène, tome 1
par Emmanuel de Las Cases
P678. Mémorial de Sainte-Hélène, tome 2
par Emmanuel de Las Cases
P679. La Seiche, *par Maryline Desbiolles*
P680. Le Voyage de Théo, *par Catherine Clément*
P681. Sans moi, *par Marie Desplechin*
P682. En cherchant Sam, *par Patrick Raynal*
P683. Balkans-Transit, *par François Maspero*
P684. La Plus Belle Histoire de Dieu
par Jean Bottéro, Marc-Alain Ouaknin et Joseph Moingt
P685. Le Gardien du verger, *par Cormac McCarthy*
P686. Le Prix de la chair, *par Donna Leon*
P687. Tir au but, *par Jean-Noël Blanc*
P688. Demander la lune, *par Dominique Muller*
P689. L'Heure des adieux, *par Jean-Noël Pancrazi*
P690. Soyez heureux, *par Jean-Marie Lustiger*
P691. L'Ordre naturel des choses, *par António Lobo Antunes*
P692. Le Roman du conquérant, *par Nedim Gürsel*
P693. Black Betty, *par Walter Mosley*
P694. La Solitude du coureur de fond, *par Allan Sillitoe*
P695. Cités à la dérive, *par Stratis Tsirkas*
P696. Méroé, *par Olivier Rolin*
P697. Bar des flots noirs, *par Olivier Rolin*
P698. Hôtel Atmosphère, *par Bertrand Visage*
P699. Angelica, *par Bertrand Visage*
P700. La petite fille qui aimait trop les allumettes
par Gaétan Soucy
P701. Je suis le gardien du phare, *par Eric Faye*
P702. La Fin de l'exil, *par Henry Roth*
P703. Small World, *par Martin Suter*
P704. Cinq photos de ma femme, *par Agnès Desarthe*
P705. L'Année du tigre, *par Philippe Sollers*
P706. Les Allumettes de la sacristie, *par Willy Deweert*

P707. Ô mort, vieux capitaine…, *par Joseph Bialot*
P708. Images de chair, *par Noël Simsolo*
P709. L'Œuvre de Dieu, la Part du Diable
scénario par John Irving
P710. La Ratte, *par Günter Grass*
P711. Une rencontre en Westphalie, *par Günter Grass*
P712. Le Roi, le Sage et le Bouffon
par Shafique Keshavjee
P713. Esther et le Diplomate, *par Frédéric Vitoux*
P714. Une sale rumeur, *par Anne Fine*
P715. Souffrance en France, *par Christophe Dejours*
P716. Jeunesse dans une ville normande, *par Jacques-Pierre Amette*
P717. Un chien de sa chienne, *par Roger Martin*
P718. L'Ombre de la louve, *par Pierre Pelot*
P719. Michael K, sa vie, son temps, *par J. M. Coetzee*
P720. En attendant les barbares, *par J. M. Coetzee*
P721. Voir les jardins de Babylone, *par Geneviève Brisac*
P722. L'Aveuglement, *par José Saramago*
P723. L'Évangile selon Jésus-Christ, *par José Saramago*
P724. Si ce livre pouvait me rapprocher de toi
par Jean-Paul Dubois
P725. Le Capitaine Alatriste, *par Arturo Pérez-Reverte*
P726. La Conférence de Cintegabelle, *par Lydie Salvayre*
P727. La Morsure des ténèbres, *par Brigitte Aubert*
P728. La Splendeur du Portugal, *par António Lobo Antunes*
P729. Tlacuilo, *par Michel Rio*
P730. Poisson d'amour, *par Didier van Cauwelaert*
P731. La Forêt muette, *par Pierre Pelot*
P732. Départements et Territoires d'outre-mort, *par Henri Gougaud*
P733. Le Couturier de la Mort, *par Brigitte Aubert*
P734. Entre deux eaux, *par Donna Leon*
P735. Sheol, *par Marcello Fois*
P736. L'Abeille d'Ouessant, *par Hervé Hamon*
P737. Besoin de mirages, *par Gilles Lapouge*
P738. La Porte d'or, *par Michel Le Bris*
P739. Le Sillage de la baleine, *par Francisco Coloane*
P740. Les Bûchers de Bocanegra, *par Arturo Pérez-Reverte*
P741. La Femme aux melons, *par Peter Mayle*
P742. La Mort pour la mort, *par Alexandra Marinina*
P743. La Spéculation immobilière, *par Italo Calvino*
P744. Mitterrand, une histoire de Français.
1. Les Risques de l'escalade, *par Jean Lacouture*
P745. Mitterrand, une histoire de Français.
2. Les Vertiges du sommet, *par Jean Lacouture*
P746. L'Auberge des pauvres, *par Tahar Ben Jelloun*
P747. Coup de lame, *par Marc Trillard*

P748. La Servante du seigneur, *par Denis Bretin et Laurent Bonzon*
P749. La Mort, *par Michel Rio*
P750. La Statue de la liberté, *par Michel Rio*
P751. Le Grand Passage, *par Cormac McCarthy*
P752. Glamour Attitude, *par Jay McInerney*
P753. Le Soleil de Breda, *par Arturo Pérez-Reverte*
P754. Le Prix, *par Manuel Vázquez Montalbán*
P755. La Sourde, *par Jonathan Kellerman*
P756. Le Sténopé, *par Joseph Bialot*
P757. Carnivore Express, *par Stéphanie Benson*
P758. Monsieur Pinocchio, *par Jean-Marc Roberts*
P759. Les Enfants du Siècle, *par François-Olivier Rousseau*
P760. Paramour, *par Henri Gougaud*
P761. Les Juges, *par Élie Wiesel*
P762. En attendant le vote des bêtes sauvages
par Ahmadou Kourouma
P763. Une veuve de papier, *par John Irving*
P764. Des putes pour Gloria, *par William T. Vollman*
P765. Ecstasy, *par Irvine Welsh*
P766. Beau Regard, *par Patrick Roegiers*
P767. La Déesse aveugle, *par Anne Holt*
P768. Au cœur de la mort, *par Lawrence Block*
P769. Fatal Tango, *par Jean-Paul Nozière*
P770. Meurtres au seuil de l'an 2000
par Éric Bouhier, Yves Dauteuille, Maurice Detry, Dominique Gacem, Patrice Verry
P771. Le Tour de France n'aura pas lieu, *par Jean-Noël Blanc*
P772. Sharkbait, *par Susan Geason*
P773. Vente à la criée du lot 49, *par Thomas Pynchon*
P774. Grand Seigneur, *par Louis Gardel*
P775. La Dérive des continents, *par Morgan Sportès*
P776. Single & Single, *par John le Carré*
P777. Ou César ou rien, *par Manuel Vázquez Montalbán*
P778. Les Grands Singes, *par Will Self*
P779. La Plus Belle Histoire de l'homme, *par André Langaney, Jean Clottes, Jean Guilaine et Dominique Simonnet*
P780. Le Rose et le Noir, *par Frédéric Martel*
P781. Le Dernier Coyote, *par Michael Connelly*
P782. Prédateurs, *par Noël Simsolo*
P783. La gratuité ne vaut plus rien, *par Denis Guedj*
P784. Le Général Solitude, *par Éric Faye*
P785. Le Théorème du perroquet, *par Denis Guedj*
P786. Le Merle bleu, *par Michèle Gazier*
P787. Anchise, *par Maryline Desbiolles*
P788. Dans la nuit aussi le ciel, *par Tiffany Tavernier*
P789. À Suspicious River, *par Laura Kasischke*

P790. Le Royaume des voix, *par Antonio Muñoz Molina*
P791. Le Petit Navire, *par Antonio Tabucchi*
P792. Le Guerrier solitaire, *par Henning Mankell*
P793. Ils y passeront tous, *par Lawrence Block*
P794. Ceux de la Vierge obscure, *par Pierre Mezinski*
P795. La Refondation du monde, *par Jean-Claude Guillebaud*
P796. L'Amour de Pierre Neuhart, *par Emmanuel Bove*
P797. Le Pressentiment, *par Emmanuel Bove*
P798. Le Marida, *par Myriam Anissimov*
P799. Toute une histoire, *par Günter Grass*
P800. Jésus contre Jésus, *par Gérard Mordillat et Jérôme Prieur*
P801. Connaissance de l'enfer, *par António Lobo Antunes*
P802. Quasi objets, *par José Saramago*
P803. La Mante des Grands-Carmes, *par Robert Deleuse*
P804. Neige, *par Maxence Fermine*
P805. L'Acquittement, *par Gaëtan Soucy*
P806. L'Évangile selon Caïn, *par Christian Lehmann*
P807. L'Invention du père, *par Arnaud Cathrine*
P808. Le Premier Jardin, *par Anne Hébert*
P809. L'Isolé Soleil, *par Daniel Maximin*
P810. Le Saule, *par Hubert Selby Jr.*
P811. Le Nom des morts, *par Stewart O'Nan*
P812. V., *par Thomas Pynchon*
P813. Vineland, *par Thomas Pynchon*
P814. Malina, *par Ingeborg Bachmann*
P815. L'Adieu au siècle, *par Michel Del Castillo*
P816. Pour une naissance sans violence
par Frédérick Leboyer
P817. André Gide, *par Pierre Lepape*
P818. Comment peut-on être breton ?, *par Morvan Lebesque*
P819. London Blues, *par Anthony Frewin*
P820. Sempre caro, *par Marcello Fois*
P821. Palazzo maudit, *par Stéphanie Benson*
P822. Le Labyrinthe des sentiments, *par Tahar Ben Jelloun*
P823. Iran, les rives du sang, *par Fariba Hachtroudi*
P824. Les Chercheurs d'os, *par Tahar Djaout*
P825. Conduite intérieure, *par Pierre Marcelle*
P826. Tous les noms, par José Saramago
P827. Méridien de sang, *par Cormac McCarthy*
P830. Pour que la terre reste humaine, *par Nicolas Hulot, Robert Barbault et Dominique Bourg*
P831. Une saison au Congo, *par Aimé Césaire*
P832. Le Manège espagnol, *par Michel del Castillo*
P833. Le Berceau du chat, *par Kurt Vonnegut*
P834. Billy Straight, *par Jonathan Kellerman*
P835. Créance de sang, *par Michael Connelly*